名著里的科学历险书系

生存
博物馆

[韩] 尹滋宁 / 著　　[韩] 海马 / 图
赵英来 / 译

海峡出版发行集团 | 海峡文艺出版社

图书在版编目(CIP)数据

生存博物馆/(韩)尹滋宁著;(韩)海马图;赵英来译. —福州:海峡文艺出版社,2022.11
ISBN 978-7-5550-3138-3

Ⅰ.①生… Ⅱ.①尹…②海…③赵… Ⅲ.①儿童小说－长篇小说－韩国－现代 Ⅳ.①I312.684

中国版本图书馆 CIP 数据核字(2022)第 176689 号

生存博物馆

[韩]尹滋宁 著 [韩]海马 图 赵英来 译
出 版 人 林 滨
责任编辑 邱戊琴
出版发行 海峡文艺出版社
经 销 福建新华发行(集团)有限责任公司
社 址 福州市东水路 76 号 14 层
电话传真 0591－87536797(发行部)
印 刷 福州印团网印刷有限公司
厂 址 福州市仓山区十字亭路 4 号金山街道燎原村厂房 4 号楼
开 本 700 毫米×1000 毫米 1/16
字 数 100 千字
印 张 11
版 次 2022 年 11 月第 1 版 2022 年 11 月第 1 次印刷
书 号 ISBN 978-7-5550-3138-3
定 价 38.00 元

如发现印装质量问题,请寄承印厂调换

黄太星：

　　博物馆的一名科学讲解员，心地善良，有着丰富的生物学、地质学、气象学、天文学等方面的知识，比较啰唆，但理论强于实践，动手能力较弱。曾策划过许多展览，"荒岛生存的科学奥秘"是他的重要策展成果。

闵书妍：

　　小学科学社团的部长，富有责任心，性子较急躁，爱动脑，喜欢科学，知识丰富，为人热情，胆大心细，具备一定的组织能力、沟通能力和领导能力。

马相柏：

　　小学科学社团成员之一，在学校问题连连，以粗鲁的行为和怪诞的传闻成为大家在"社团内最不想交往的同学"。但是在生存体验中，他是可以完成各项任务的大能人。

申瑟雅：

　　小学科学社团成员之一，长得漂亮，性格比较孤僻，内心善良而不善于表达，说话较尖酸刻薄，排在"社团内最不想交往的同学"第二位。

多尼范：

　　《十五少年漂流记》的主人公之一，13岁的英国少年，聪明好学，爱钻研，为人傲慢，争强好胜，喜欢装腔作势，不太受人欢迎。他与布里安素来不合，事事都要同他争个高低。

布里安：

　　《十五少年漂流记》的主人公之一，13岁的法国少年，拥有自由的气质与灵魂。为人勇敢正义、待人和气，大家都很崇拜他，唯他马首是瞻。他后来被推举为查曼岛的领袖，发挥着强大的领导力。

目 录

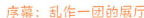

"香蕉！"黄太星刚做完自我介绍，最后一排的马相柏就大声喊道。

大家看着一身黄色装扮的黄太星，感觉既新奇又怪异，都捧腹大笑。在同学们看来，他就像马相柏所说的，活脱脱是一根行走的香蕉！

"黄色裤子和黄色夹克，他难道是艺人吗？"

"黄色帽子、黄色皮包，请问在哪里能买到？"

......

马相柏的一句话，引发了孩子们的一阵哄闹。

小学科学社团的部长闵书妍提前预料到，黄太星的出场一定会引起大家的骚动。果不其然，同学们的反应印证了这一点。但是看到毫无礼貌、口无遮拦的马相柏，闵书妍仍然感到有些难以接受。

马相柏排在"社团内最不想交往的同学"第一位，果然招人烦。他有健

壮的体格和发达的肌肉，隆起的块状肌肉像石头一样坚硬。不知为何，他总给人一种"混世魔王"的感觉，所以从转学来的那天起就有许多传闻，据说连附近的中学生都不敢招惹他。而且，他恶狠狠的眼神也为传闻增添了可信度。正因此，社团里的同学都有意无意地躲着马相柏。每当这时，马相柏就会用犀利的眼神盯着对方，并甩出粗暴的言语。

"什么香蕉？我对于生物学、地质学、气象学、天文学等诸多领域都有所研究，是将科学奥秘传递给普通市民的科学向导……"黄太星并不在意大家的嘲笑。

"简单介绍一下就可以了，竟然啰唆这么长时间！"闵书妍打断了黄太星，因为她注意到同学们的脸上露出了尴尬的表情。

科学博物馆常年举办各种各样的展览。闵书妍觉得，黄太星策划的生存科学展览非常适合社团活动，于是向黄太星提出在展览还没有正式启动前，带领小学科学社团的同学们提前参观，同时大家也作为志愿者协助黄太星做一些开幕准备。

闵书妍为了转移话题，避免黄太星的长篇大论，赶忙说："同学们，黄太星老师为我们这次社团活动提供了大力支持，让我们用掌声表示感谢。"

孩子们咯咯笑着，调皮地做着"海豹式鼓掌"。

黄太星礼貌地鞠躬，开始介绍起来："各位同学，这是今天我们要体验的展览。噔噔——请看！"

只见黄太星双手高举，指向挂在大厅里的巨大横幅。

"这次展览的主要目的，是探寻荒岛求生的方法，并从中找出科学原理。"黄太星夸张地打了一个响指，"例如，在野外生存中，火是必不可少的。你们知道原始人是怎么生火的吗？"

"木头与木头不停摩擦产生热量，就会起火。"有人抢答。

"叮咚！答案正确。"

"唉，说谎！怎么搓也点不着火啊。"捣乱的依然是马相柏。黄太星尽量使孩子们注意力集中，但是这一句话，给刚培育好的课堂气氛泼了一盆冷水。

"嗯，当然不容易了。在生死存亡的时刻，在顽强的求生欲下，无数次地快速搓动木头，这样钻木取火才有可能成功。不过，那个时代一定也有原始人像刚才那位同学一样，抱怨生

火困难这件事儿吧。在不断地抱怨中，人们探求更好的方法，于是诞生了较为省时省力的弓钻取火法。可以说，科学就是在抱怨声中一点一点发展到今天的。"

黄太星没有因学生的无礼而生气，反而以幽默的口吻做出解释。同学们再次集中了注意力。

黄太星环顾一下四周，接着用力地拍了一下手，说："好了，现在大家分成小组自由参观吧。参观结束后，你们将会进行世界上最有趣的志愿服务活动。那么，开始吧！"

同学们迅速分成了三人或四人小组。很快，就剩下马相柏、申瑟雅这两个刺儿头了。最终，闵书妍勉为其难地跟他俩成为一组。身为部长的书妍，即使哑巴吃黄连，也要担起负责人的责任。

在一旁的角落里，有个女孩子抱着胳膊，心不在焉地看着这一切，她就是申瑟雅。她从入社团的第一天起，就因漂亮的外表吸引了许多人的关注。但是没过多久，她就成了"社团内最不想交往的同学"第二名，因为她说话尖酸刻薄，很伤人。

马相柏不知去了哪里，已经不见踪影。闵书妍虽然很不情愿，但还是走到申瑟雅身边搭起话来："瑟雅，我们从哪儿开始参观呢？"

"我最讨厌这种体验活动了。反正我也不感兴趣，你在前

面带路吧。"

这两个组员的行为实在让人火冒三丈，但是作为部长的闵书妍还是隐忍着没有发作。

展厅内再现了野外生存的场景，模拟了野外生火、建造安全屋、对付野兽等情景，并且在旁边设置了解释相关科学原理的说明牌。通过情景再现，大家可以身临其境地感受和学习生存技能。

"为了提升参观者们的游览体验，我们要提前做好各项准备工作。从现在开始，我们将分区域进行志愿服务活动。"大家按照黄太星的指示，摆放参观手册，在地板上粘贴线路标志等，认真完成各项工作。

但是，闵书妍团队的工作始终没有进展。申瑟雅对着展厅玻璃，整理自己的头发和衣服。马相柏在展厅里四处游荡，时而消失，时而出现，踪迹难寻。闵书妍深深叹了口气，拿干毛巾擦拭说明牌和展品。

突然，"咣当"一声响，立在展厅中央的熊模型倒下，在地板上不停翻滚着。原来马相柏试图爬上熊模型，结果不小心失去平衡，熊模型连同人一起倒了下来。

"马相柏同学，你没事儿吧？怎么可以随便攀爬展示品

呢？"黄太星跑了过来，显然有些生气。

看着黄太星严肃的表情，马相柏低声回道："我没想到熊模型这么脆弱。"

"什么？幼儿园的孩子都知道不攀爬展品！还有，才开始就不做志愿活动，到处乱跑！"黄太星怒视着马相柏。大家都在积极工作，唯独马相柏吊儿郎当、四处晃悠，刚才已经提醒过他，没想到他如此顽劣，最终酿成了事故。黄太星精心准备的展示品被破坏了，他的怒火终于在此刻达到顶点。闵书妍想，这种事情如果发生在自己身上，想必也会很恼火吧。

马相柏抬起头，用犀利的目光盯着黄太星。

"瞪我干什么？你觉得自己做得很好是吗？"在学校里，许多教师对马相柏说过无数遍同样的话。每每此时，马相柏就瞪着对方。

"谁想参加这样的志愿服务啊？还有，原始人就是随便活着，有什么科学可言？太荒唐了。"马相柏瞪大了双眼，跟黄太星针锋相对。

闵书妍不知所措地站在原地，她担心黄太星会在孩子们面前难堪。

"随便？！生存就是科学！"

"那么，我们应该学习现代科学，不是吗？已经是21世纪

了，还学习原始人的生存方式，有什么用？"

"你竟然无视原始人的生存之道！你根本不知道那里面蕴含着最基础的科学原理。人类的生存斗争促进了现代科学的诞生！你一直在捣乱，都没有注意到吧！展览的后半部分就有现代尖端科技的展示。"

"我不知道。"

听到马相柏满不在乎的回答，怒火冲天的黄太星突然指着他身后的申瑟雅问："那边那位同学，你也这么认为吗？"

哎，社团中那么多孩子，偏偏就问到了申瑟雅！闵书妍无奈地扶了一下额头。不出所料，申瑟雅像是事不关己似的，漫不经心地点了点头。

这可是黄太星用"金牌策展人"的名誉，连续几天几夜不眠不休准备的展览啊！他对孩子们的态度感到很失望。

"这样可不行，我要让你们好好体验一下。还有那个同学，需要被熊修理一顿才行。"黄太星摘下了别在上衣口袋上的金黄色的Q徽章。

闵书妍吓了一跳，赶忙抓住黄太星的胳膊试图阻止，因为她知道Q徽章的秘密。

"老师，请冷静下来，我觉得非常重要。生存……不是，我是说科学。"闵书妍有些语无伦次了。

"书妍同学，不用劝我了。我要给这些孩子一点颜色看看。我会让他们认识到生存科学的重要性。"

黄太星面向马相柏和申瑟雅，把Q徽章高高举起，以坚定的口气大声呼喊："Q徽章啊，请向他们展示生存科学的力量吧！"

闵书妍蹲下身子抱着头，紧紧闭上了眼睛。

周围变得异常安静，一时精神恍惚的闵书妍睁开双眼，环顾了一下周围。马相柏正俯视着她，鄙夷地笑着说："你在做什么？你也变得像那个香蕉老师一样古怪了吗？"

"为什么不启动？出故障了？"黄太星挠了挠头。

"这是什么节目啊？这也是生存科学项目吗？"马相柏嘲笑道。

紧接着，马相柏埋怨起了闵书妍："组织这次参观的闵书妍，你也很奇怪，我再也受不了了。在这么奇怪的老师身上，能学到什么啊？我要走了。"

申瑟雅靠在一面墙上，观望着眼前发生的一切。她似乎感到很无趣，看着闵书妍淡淡地嗤笑了一声。

黄太星死死瞪着马相柏，再次举起Q徽章，专注地背起了咒语。但是，徽章依然毫无反应。

"这，这也太奇怪了。为什么不启动呢？"

"你打算用那个糊弄小孩子的玩具做什么呢？给我看一下。"马相柏似乎对Q徽章很感兴趣。他产生好奇心也是正常的，因为那枚Q徽章散发出不同于玩具的神秘气息。

突然，徽章发出奇怪的声音。黄太星为了躲避逼近自己的马相柏，慌忙把徽章藏到身后，没想到一不小心将其掉落。徽章一落地，便发出了耀眼的光芒。

"好，成功了。徽章终于启动了。"黄太星欣喜若狂，攥着拳头振臂高呼。

"老师，请停下来。快背一下停止的咒语。"闵书妍喊道。

"书妍同学，我没有学过终止的咒语啊。"黄太星邪魅一笑，表情似哭似笑，十分古怪。

"呃，老师。这次又会发生什么事情呢？"

"也许像上次一样，进入某部小说中去吧。"

黄太星话音未落，Q徽章喷发出的金色光芒，逐渐汇成一道道光射向了马相柏、申瑟雅、闵书妍及黄太星。金光缠绕着他们的腿，将他们的身体拉向空中。随后，响起一个神秘的声音：

让我带你们领略真正的科学世界！

希望你们能够领悟生存科学的奥秘！

我们到底
在哪里？

"咕咕咕……"

闵书妍被鸟鸣声吵醒，缓缓地睁开了眼。海鸥在天空中盘旋，海鸥下面是茫茫大海，而黄太星、马相柏、申瑟雅倒在自己身旁的沙滩上。看来，黄太星的Q徽章已经发挥作用了。

一只小猴子在黄太星的身上乱翻，正拿起了Q徽章。如果吓到小猴子的话，它可能会拿着徽章跑掉。徽章可是唯一能够带大家返回现实世界的东西，被猴子抢走就麻烦了。

闵书妍站起身，悄悄地走近小猴子，压低声音叫着黄太星："老师，黄太星老师。"

黄太星慢慢睁开了眼睛。

闵书妍把食指放到嘴边，做出保持安静的手势，随后指了指猴子。

黄太星立刻明白了当下的状况，缓缓站起身来说："小，小猴子……来，来这里。你真乖啊！"

黄太星和闵书妍屏住呼吸安抚着猴子。突然，马相柏拿着树枝冲了过来："臭猴子，给我走开！"

被马相柏吓到的猴子飞快地逃跑了，手里还拿着徽章。

"不，马相柏！不要走，小猴子！哎哟。"偷了徽章的小猴子，把黄太星的呼喊声抛在身后，一溜烟消失在了树林里。

失望至极的黄太星像一个泄了气的充气玩偶，一下子瘫坐

在地上。

"老师，我们去有网络的地方吧，这里手机没有一丁点信号啊。"静静看着眼前这一切的申瑟雅，漫不经心地走到黄太星身边说。

黄太星摇了摇头回答："这里会有网络吗？我们可能进入了某部小说。"

曾经在海洋博物馆里穿越到小说《海底两万里》中的闵书妍，知道黄太星不是在开玩笑。但是，马相柏和申瑟雅似乎并没有认真听。

马相柏把手中的树枝扔到一边说："嘿，别说废话了。赶快让我们回去吧。"

听了马相柏的话，黄太星暴跳如雷，吼道："就因为你，想回也回不去了，你把拿着徽章的猴子赶跑了。"

"为什么怪我啊？那得怪猴子才对。这一切都是老师你的责任！"

"我们都回不去了！没有徽章是不可能回去的。"

马相柏的眼里透着害怕，身体不由得微微颤抖，随即显得愤怒。他大声喊道："怎么还有你这种老师？那你就把徽章找回来啊！"

被马相柏粗暴无礼的话刺激到的黄太星，猛地站起来说：

"是你把猴子赶跑的，所以你去给我找回来！"

见此情景，闵书妍挡在了两人中间进行劝解："大家都别吵了！相柏，你冷静下来。老师，我理解您的愤怒，但是也请冷静一下。"

马相柏不顾闵书妍的劝说，踢了一脚沙子，然后转身面朝大海坐下，胡乱按起了失灵的手机。黄太星则死死盯着马相柏的背影。

"老师，您说这里是哪部小说呢？"

"我也不清楚，书妍同学。"黄太星环顾了一下四周，耸了耸肩说。

"这里不会是危险的地方吧？"闵书妍一边说一边回头看向身后的树林。太阳还没有下山，但是树林里阴森昏暗，好像马上就会有可怕的动物从里面跳出来一样。

"不知道啊。"

"老师，我们可以以后再寻找徽章。当务之急，是想想现在要怎么办。"

"嗯，确实是应该想想现在的处境了。"黄太星捡起散落在沙子上的小刀、卷尺和一些工具，统统装回了腰包，"树林里也许会有危险的动物，今晚就在这个海滩上休息吧。"

黄太星和孩子们围坐在海边的沙滩上。天渐渐暗下来，夜晚来临了。幸好没有风，气温也没有下降多少。大海清澈如明镜，天空布满了亮闪闪的星星，茫茫的银色天河在远处流泻着银光，气势磅礴，清晰可见。

"天空中的星星像宝石。"申瑟雅说着话，她的眼中似乎也闪过星光。

听到申瑟雅不同以往的语气，闵书妍一时愣了神。不仅如此，马相柏抬头望向星空的眼神也是那么清澈单纯。

"瑟雅同学，你能看到那边四颗明亮的星星吗？那可是难得一见的明星，尽情欣赏吧。"黄太星指着银河中格外闪耀的四颗星星，又恢复了曾经的明朗表情，"不是所有的星星都是一样的，那个十字架形状的四颗明亮的星星是南十字星。"

"为什么说难得一见？"申瑟雅歪着头问道。

"猜猜看，同学们。观察星星能判断出我们所在的位置。就像北极星一直指向北极一样，南十字星也始终陪伴着南极。"

　　闵书妍立刻明白了黄太星的言外之意，眉头一紧。我们住在北半球，所以总能观测到北极星。在这里能够看到南十字星，说明这里是……

　　"老师，我们难道是在北回归线以南？不会吧？"

　　"叮咚！书妍同学回答正确。这里应该是北回归线以南的某个海域。"从竖起食指的样子和洋溢着笑容的表情来看，黄

太星显然很享受这样的氛围。

"老师，现在不应该是开心的时候啊。"

"利用南十字星可以测量这里的纬度，然后……"黄太星完全不顾闵书妍的话，拿起了他带有秒针的多功能手表，"从我们时空转移的那一刻开始，我就一直观察着这块手表，它一直在正常工作。这样一来，我们就可以知道经度了。"

"老师，请说得简单一点。"

"生存的开始，首先是确定方位！也就是说，如果知道纬度和经度，我们就能判断出自己在地球上的位置了。"

"刚才你说穿越到小说里，现在又说这里是北回归线以南，闵书妍，你是不是早就知道什么了？"申瑟雅质问道。

"我并不清楚。但是因为Q徽章的作用，我曾经进入儒勒·凡尔纳的小说《海底两万里》。那时候，我乘坐鹦鹉螺号在全世界的海洋中遨游。不过如你所见，现在的我站在你面前，也不知在哪。但不用太担心，大家会找到回去的方法的。"闵书妍想安慰一下申瑟雅，可是毫无效果。

申瑟雅看了看闵书妍，背过身坐了下来。马相柏则像一个万念俱灰的人一样，躺在了沙滩上。

疲惫的闵书妍和他们保持着距离也坐了下来。竟然和这种难以沟通的人一起处在如此荒谬的境地！接下来会发生什么

呢？虽然对申瑟雅和马相柏说没什么事，但是闵书妍自己心里却十分忐忑。被不安情绪笼罩着的她，躺在沙滩上辗转反侧，不知不觉中听着海浪声进入了梦乡。

闵书妍做了一个梦，梦里她乘坐着Q徽章穿梭于浩瀚宇宙之中。梦醒了，她缓缓睁开双眼。皎洁的月光倾洒在海滨沙滩上，身后是黑压压的森林。申瑟雅和马相柏在附近沉沉睡着，黄太星却不知所踪。

闵书妍把两人叫了起来："大家醒一醒吧，老师不知道去哪里了。"

申瑟雅醒来后，呆坐了好一阵子，然后自言自语道："这是真的，真的时空转移了。"

这时，起身去寻找黄太星的马相柏，在远处大声呼喊："那边有人。不管是黄老师还是蓝老师，总之我们去看看吧。"

闵书妍和申瑟雅朝着马相柏所说的地方走去，见黄太星正站在漆黑的海水里仰望苍穹。走近一看，他正拿着像圆规一样的东西对着天空测量着。

"老师，那是什么？您在这里做什么？"

"嗯，书妍同学，这是六分仪，可以测量星星的高度。用它测量南十字星的高度，就能知道这里的纬度了。"

"这里是不是赤道附近的热带地区呢？即使到了晚上，海

水也没有降温。"闵书妍把手放进海水里，挺温暖的。

"我也希望如此。但是大致看了一下南十字星，这里应该不是赤道附近。"和往常不同，黄太星的脸色有些阴沉。

"南十字星十字架最下面的亮星叫阿尔法星，它与南极点的夹角大约27°。仔细看一下，阿尔法星在十字架上方，说明十字架形状颠倒过来了。"黄太星把六分仪的一端对准地平线，另一端对准阿尔法星，然后用六分仪求出了阿尔法星和地平线之间的角度。

"老师，这些工具是从哪里来的？"

"为了在展览上使用，我提前在包里放了一些工具。你不觉得很走运吗？"黄太星拍了拍腰间的包，随即喃喃自语地计算起来，"嗯，这里和阿尔法星的夹角为24°，而阿尔法星与南极点的夹角为27°，所以这里的纬度应该是南纬51°。"

"看来我们是在南半球的中纬度。"

"没错，也就意味着这里会有冬天。"黄太星已经做好了在这里度过四季的心理准备。

闵书妍希望不要发生那样的事情，她急切地想要回到现实中去，忙问："老师，那么这里的经度呢？"

"虽然不一定准确，但是从时间上可以大致推算出来。"黄太星看着手表。

"博物馆和这里相差14个小时。经度每隔15°，就会相差1

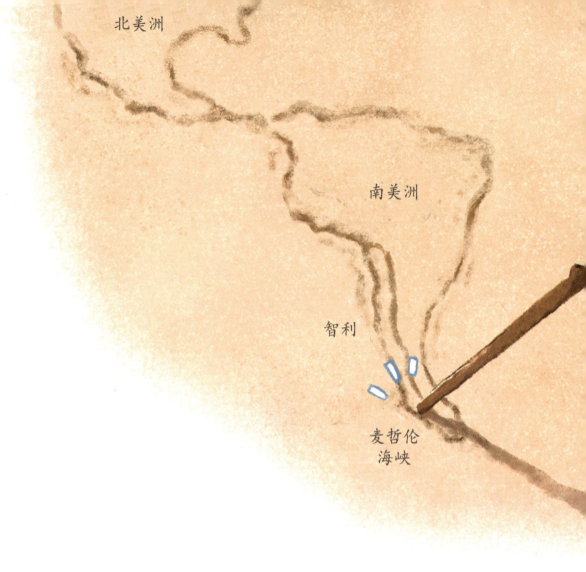

北美洲

南美洲

智利

麦哲伦
海峡

个小时，所以这里和韩国之间的经度相差了约210°。"

"老师，那么这里就是西经75°。南纬51°、西经75°的地方是哪里呢？"

"是智利的南端。"黄太星捡起树枝在沙子上粗略绘制了一幅地图，点了点南美洲大陆的尽头，"就是这里，南美洲的最南端，我们可能是在狭长的智利底部的麦哲伦海峡附近。"

"您太厉害了。既然知道确切位置,现在可以回去了吧?"申瑟雅急切地问。

黄太星还没来得及回答,马相柏就插话了:"智利啊?那就快订机票吧。去附近的机场坐飞机不就行了吗?"

黄太星摇了摇头说:"我不知道怎么回去。我只是用科学知识找到了我们所在的位置而已。"

"竟然不知道?"申瑟雅听了很伤心。

"好吧,如果知道哪里有机场,麻烦告诉我一下。"马相柏揪了揪自己的头发。

"老师,以智利南端为背景的小说有什么呢?"闵书妍询问道。

"现在还不知道。"

"上次我们穿越到《海底两万里》中,当任务圆满完成的时候,徽章就自己启动了吧?"

"确实是。书妍同学,这次的任务又是什么呢?"

"不是野外生存吗?"

"生存?"

"是的,当徽章启动时,我好像听到某个声音说要大家'领悟生存科学的奥秘'。这个岛应该是个荒岛,在荒岛上要靠自己的力量生存,生存就是我们接下来的任务。"

闵书妍的话音刚落，黄太星就激动地拍手鼓掌道："我们的书妍同学果然很聪明啊。"

"谢谢夸奖，老师。首先我们要知道是在哪部小说中。如果是在麦哲伦海峡附近荒岛上生存的小说的话，会不会是《鲁滨孙漂流记》呢？"

黄太星与闵书妍的想法不谋而合，于是激动地打了个响指。

"老师，这不是《鲁滨孙漂流记》。"申瑟雅说。

"瑟雅同学，你为什么这么想呢？"

"《鲁滨孙漂流记》中的荒岛是在智利的中部，离麦哲伦海峡远着呢。"

"瑟雅同学读了很多书嘛。那么，你认为我们进入哪部小说里了呢？"

"虽然我读了很多书，但是各种书的内容混杂在一起，所以不太清楚。"

"好吧，瑟雅同学。请你记住，你读过的书会帮助我们在这里生存下去。"

一直以来，申瑟雅总是一副盛气凌人的样子，但是此刻她变得柔和了许多。黄太星的鼓励，似乎打动了她的心。

"同学们，我们不要失去希望。我相信Q徽章一定会带我们返回现实世界的。"

"不过话说回来，徽章不是被猴子拿走了吗？"马相柏插嘴道。

"是的。也许任务完成后，就能找到徽章了。"

马相柏无奈地摇了摇头，看来他不太相信黄太星说的话。

"大家加油吧！我们已经知道了所在位置，明天开始巡查一下这座荒岛吧。"黄太星故意提高嗓门以鼓励大家。

如何确定方位

让我们来了解一下如何确定方位吧！

看指南针就知道是哪里了，不是吗？

指南针可辨别方向，但没办法告诉我们具体位置。

1.利用经度和纬度精准定位

怎样才能标示出自己的精确位置呢？为此，人们在地球上假设出了若干条辅助线，横向的为纬线，纵向的为经线。

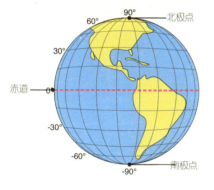
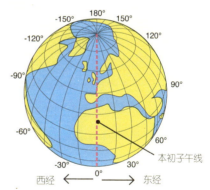

经纬线示意图

先了解一下纬线。众所周知，地球是个球体，最中间的线叫赤道，是地球表面的点随地球自转产生的轨迹中周长最长的圆周线。赤道是划分纬度的基准线，从赤道向北和向南，分别称为北纬和南纬，并用"N"和"S"表示，各分90°。赤道是0°，北极点是90°N，南极点是90°S。

接下来说一下经线。划分经度也需要基准线，但在椭圆形的地球上找出地理经度的起点是件十分困难的事。人们最终将英国伦敦格林尼治天文台原址所在的那条经线作为计量经度的起始线，并把它称作"0°经线"或"本初子午线"。本初子午线以东为东经，以西为西经。

2.利用北极星和南十字星判定纬度

在一个陌生的地方，想要知道自己的确切位置，可以通过测量北极星或南十字星的高度来完成。在北半球依靠北极星，在南半球依靠南十字星，你就能找到自己所在的纬度。

（1）北极星永远指向北方

右侧图片显示了星星的移动方向。正对着地轴的天空中有一颗亮星，那就是北极星。因为地球是围绕地轴进行自转的，而北极星处在地轴的北部延长线上，因此在北半球看向夜空，北极星几乎是静止不动的。由于地球沿地轴由西向东旋转，所以人们所看到的星座都以北极星为圆心逆时针旋转。

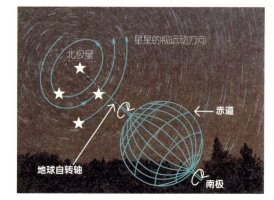

地球的自转与星星的视运动

（2）北极星的地平高度是当地的地理纬度

北极星的高度角与当地的地理纬度值相等。韩国首尔的纬度是北纬37°，所以在首尔看到的北极星的高度应该是在37°角方位。

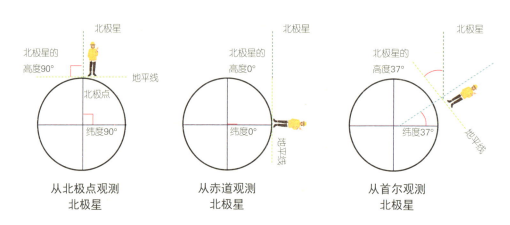

从北极点观测 北极星	从赤道观测 北极星	从首尔观测 北极星

怎样才能找到北极星呢？可先找如巨大的勺子一般的北斗七星，再通过北斗七星寻找北极星。如下图所示，把北斗七星斗口的两颗星连线，朝斗口方向延长约五倍远，就能找到北极星。此外，也可以根据仙女星座找到北极星。

通过北斗七星寻找北极星

（3）南半球夜空里的指南针——南十字星

南半球可看不到北极星，其夜空里的指南针是南十字星。南十字星的四颗主要亮星组成了十字形。南十字星虽然不在地球自转轴上，但因为南极洲附近没有亮星，所以显得格外耀眼，也就被用来指示方向。澳大利亚和新西兰的国旗上都有南十字星的身影，这足以证明它的重要性。

南十字星

在南半球，可以利用南十字星中的阿尔法星来判定方位。南十字星十字架最下面的亮星就是阿尔法星，它与南极点的夹角约为27°。如右图所示，南十字星是正十字状时，阿尔法星在南极点上方夹角27°处；南十字星是倒十字状时，阿尔法星在南极点下方夹角27°处。

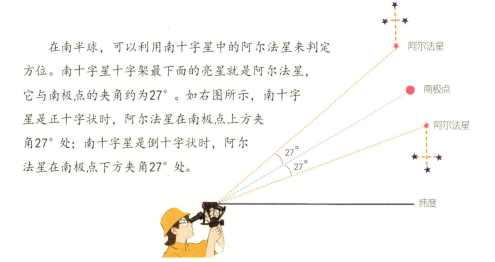

3.根据时间测算经度

世界时区示意图

如何知道经度呢？我们可以通过目前的时间来确定。每天有24小时，而一个圆圈有360°，因此地球每小时自转15°。如，英国格林尼治天文台的经度是0°，而韩国是东经135°，两地经度相差135°，所以两地的时差是9小时。反过来推算，在博物馆时是上午7点，瞬间出现在荒岛上的时间是下午5点，而荒岛在韩国西边，应是前一日下午5点，说明两地有14个小时的时差。由此可知，韩国与荒岛的经度差是210°，荒岛大约在西经75°附近。

搁浅
船只的秘密

"这就是房子吗？"马相柏摸着黄太星搭建的房子问。房子看起来极其简陋，好像马上就要倒塌的样子。

"停！不要乱碰，相柏同学。这是临时造的，条件有限，我也没有办法。我们不能一直睡在外面啊。"黄太星直起腰，一边说一边擦拭着身上的汗水。

在孩子们睡觉的时候，黄太星捡了些粗壮的树枝，挖地构筑了圆锥形的房子，就像新石器时代的穴居建筑。因为没有遮盖的东西，所谓房子也只有个骨架而已。

"虽然看起来很寒酸，但是这里面也有科学原理。由于是挖地造屋，所以屋子里面能够保持相对恒定的温度，冬暖夏凉。大家想一下地下室是什么样子的就知道了。夏天土壤阻隔了外面的热量，室内凉爽；冬天土壤散发出积蓄的热量，所以室内比较温暖。"

如果能用篷布覆盖屋顶就更好了。房子虽然简单粗陋，但不管怎样也算是个容身之所。想到从此以后不用再露天睡觉，大家放心了不少。

"老师，谢谢您。把我们叫起来一起帮忙就好了。"闵书妍抱歉地说。

"哈哈哈，没关系。你们正是长身体的时候，睡眠充足了，个子才能噌噌长高。来，尝尝这个吧。"黄太星愉快地笑

着，把看似绿苹果的水果一个接一个地递给大家。

"我不知道这是什么水果，但是看到树林里的猴子们捡起来吃它，想来人吃了也应该没问题吧。"

闵书妍接过水果，在衣服上擦了擦，问道："您刚才进入树林了吧？"

"我需要知道这里是什么地方，所以进去过一点。"

"有人类生活的痕迹吗？"

"目前为止还没有发现。"

马相柏咬了一口水果，瞬间整张脸皱成一团，喊道："酸死了！就没有饭吗？"

"马相柏同学，还没有接受这个现实吗？"黄太星举起食指左右晃动。

"哎哟，我不要说话了。"马相柏又咬了一口青涩的水果，一屁股坐在树荫下。

黄太星拍了拍马相柏的肩膀以示安慰，随后再次站起身继续建造房子。

　　马相柏犹豫了一下，悄悄地站了起来。他走到黄太星的面前，用手晃了晃竖起的柱子问："老师，这根柱子是不是埋得不够牢固啊？"

　　黄太星耸了耸羸弱的肩膀，意思是已经尽全力了。马相柏

拿起黄太星使用的折叠铁铲，在柱子底部再向下挖掘。然后，把柱子深埋进去，用铁铲敲打地面，夯实泥土。

"相柏同学，力气不小啊！"

"老师，是您太弱了。"马相柏瞟了一眼黄太星瘦骨嶙峋的身体，接过他手里的树枝，把它们当作椽木搭在了柱子上。

看到马相柏在悄悄发生改变，黄太星露出了满意的微笑。他们两个人合力搭建起了房子。

黄太星擦去额头上的汗珠，大声说："同学们，我有个好消息。早上，我在树林侧面的海边发现了一条船。"

闵书妍瞬间精神焕发，对她来说，"船"与"逃离"分明就是一个意思。

申瑟雅也睁大了眼睛，问道："我们可以乘船逃离这里了吧？"

"但遗憾的是，那是条搁浅的船，而且是挂帆的老船。从昨天到现在，我们在天空中都没有看到飞机。恐怕这是个没有飞机的时代吧。"

"去船上看看吧，也许会有线索呢。"闵书妍催促道。

"是啊，书妍同学，也许还会有食物呢。"

黄太星和孩子们已经饥肠辘辘。他们一拍即合，决定马上就去寻找搁浅的船只。

　　树林里，浓郁的草木气息弥漫在早晨的空气里，一声声清脆的鸟鸣从四面八方传来。一行人为了防范危险，尽可能地靠在一起行动。

　　"孩子们，要好好监视四周，以防猛兽突然出现。"

　　黄太星和马相柏的手里拿着长长的尖木头，乍一看像是长矛，这是黄太星为了抵御猛兽而制作的工具。不知走了多久，大家终于看到了大海，木船就倾斜在一旁。

　　"在那里。"黄太星指向前方。

　　船体的一半沉入海里，看起来像是因为触礁而搁浅的。撕裂的帆在风中摇晃，船体下面附着密密麻麻的藤壶和贝类。

　　"斯拉乌吉，这艘船是'斯拉乌吉号'。瑟雅同学，有想到什么吗？"黄太星看到船体上写着字，希望申瑟雅能有所触发。

　　申瑟雅的眉间出现了细小的皱纹，平时做什么都心不在焉的她，这次却紧锁眉头努力回忆着。想了一会儿，她说："这个名字听起来耳熟，但记不清楚了。船名之类的东西，大家一般不会特意记住它。"

　　马相柏等不及了，朝着帆船飞快地跑去。

　　黄太星担心有危险，大声呼喊："相柏同学，那里有危险人物怎么办？"

马相柏转过身回应："以坏人为主人公的小说可不多见。"

黄太星露出欣慰的表情，对闵书妍和申瑟雅说："刚才涨潮不能进入船内，现在落潮可以进入。我们也去看看啊？"

于是，闵书妍和申瑟雅紧跟着黄太星走向帆船。

帆船的后面悬着绳梯，可以从那里爬上去。等几人走到船边时，马相柏已经爬到了甲板上。

"相柏同学，船上怎么样？"

过了一会儿，马相柏探出头说："什么都没有，这是一艘空船。"

黄太星提醒闵书妍和申瑟雅，要用力抓紧绳梯，小心地向上爬。然后，他爬上梯子，登上了船。

帆船的甲板早已倾斜，需要抓住栏杆才能勉强挪动身体。甲板中间有一个通往下层船舱的楼梯。

"老师，我们下去看看吧。"马相柏也不等黄太星回答，就走下楼梯。黄太星见了，赶紧跟上去。

船舱里的积水没过了腰部。里面除了一个扭曲变形的锅和水壶，其他什么都没有。

黄太星像找到宝物一样拿起了锅和水壶，喊了起来："太好了！用这个可以烧水喝了。"

马相柏摆摆手说："老师，树林里到处流淌着清澈的溪

水，那个东西有什么用啊？"

"大有用处！一旦下雨的话，清澈的溪水就会变成浑浊的泥水，滋生大量细菌。水壶可是必不可少的生活用品啊。"

"瑟雅，就冲着老师那种积极乐观的性格，这次我们也能完成任务，顺利回到现实世界。一定会的！"闵书妍给旁边的申瑟雅加油鼓劲。申瑟雅没有说话，只是面无表情地耸了耸肩。

"哇，发现篷布了！"正在翻找船舱上方收纳柜的马相柏，大声喊道。

"用那个覆盖屋顶的话，就成了窝棚，即使下雨也不用担心了。"黄太星开心地跳了起来。

"是啊，这回不用去寻找芦苇和紫芒了。"

"干得好！干得好！"

与在博物馆时剑拔弩张的情形不同，在这里黄太星和马相柏似乎相处得还不错。闵书妍看着二人，深深舒了一口气。这时，水下有什么东西触碰到了闵书妍的腿。

"啊！"闵书妍吓得尖声惊叫，跑上楼梯。

"书妍同学，怎么了？"

"水……水里面有东西。"

黄太星俯身靠近水面仔细观察，然后向闵书妍招招手，示意她看向水里。原来，水里有一条手臂一般大小的鱼在游动。

看来这是涨潮时游了进来，退潮时没有逃出去的鱼。

"哦！有食物啦。"黄太星用锅搅动着水，想要把鱼驱赶到一角再实施抓捕，结果事与愿违，大鱼游动得更快了。

"矛，把刚才做的矛给我。"

申瑟雅把甲板上的矛递给了黄太星。随后，马相柏把收纳柜里找到的大钉子插在了矛的顶端。

"很好，相柏。这样就更锋利了。"

黄太星一次又一次地把长矛刺进水里，可是每次都被鱼轻易逃脱。实在看不下去的马相柏说："老师，把矛给我吧。"

"好，好的。因为水的折射，视觉上鱼的位置要比实际位置要高。插入矛时，要注意比看到的鱼更往下一点……"马相柏接过长予迅捷有力地插入水里。黄太星还没讲解完，大鱼一下子就被叉起来了。

"抓住了！"马相柏一脸兴奋。

"哇！太棒了，相柏同学。今天晚上可以吃烤鱼了。"黄太星高兴得像个小孩，"多亏了相柏同学的贡献，今晚我们可以吃烤鱼了，快回去生火烤鱼吧。"

不管做什么，只要和黄太星在一起，孩子们就会充满自信。一行人穿过树林，走向海边的房子。他们的脚步像心情一样轻快。想到马上就能吃到美味的烤鱼，大家高兴地哼起了小曲。

"大家辛苦了！从此以后下雨也不用担心了。"

马相柏和黄太星把在船上找到的篷布覆盖在木头骨架上。房子瞬间变成了露营的帐篷一般。

闵书妍和申瑟雅弄来了柴火。海滩上四处散落着枯枝，所以二人很快就收集到了足够的量。

"老师，水怎么办啊？我渴了。"

"喝水壶里的吧。"

"是干净的水吗？"

"这是从树林里的小溪取来的水，溪水里有淡水虾。你们记住了，淡水虾只有在可饮用的一级水源地才能生存。"

闵书妍抱起水壶咕嘟咕嘟喝了起来。果然，这个水既甘甜又清爽。

"雨后溪水变成泥汤的话，打来水后静置一段时间，使它沉淀一下。然后取上面相对干净的水，煮沸后饮用就可以了。因为在100℃的沸水中，细菌几乎会全部死亡。"黄太星搓着手掌，"孩子们，你们看了生存电影或互联网视频可能会知道，人类生存的必要条件是水和火。既然知道了如何获得饮用水，现在我们就开始生火吧？"

"老师，会生火吗？"

"呵呵，当然，我可是策划了'荒岛生存的科学奥秘'展览

的人啊。"

黄太星找来长长的树枝，用小刀削皮，把它制成了一头呈圆锥形的木棍。随后，把扁平的木板放在地面上凿出一个小坑。接着双手紧握竖起的木棍，用尖头对准木板上的小坑反复地搓动。

"这样一直搓下去的话，通过摩擦生热，很快就能起火。"

黄太星全神贯注地来回搓动着木棍。但是没过多久，他的胳膊开始颤抖，额头上出现了一粒一粒的汗珠。木棍仅搓黑了而已，完全没有着火的迹象。大概过了10分钟，身体瘦弱的黄太星疲惫地扔掉了木棍。

"原始人真的是用这种方法生火的吗？我表示怀疑。"黄太星竟然产生了怀疑。

"老师，在博物馆时您不是说过弓钻取火的方式吗？我还看到了展示品。把这根木棒做成弓，弓弦缠绕钻轴，反复拉动弓弦，能较容易引起摩擦。瑟雅，你来帮帮我。"

闵书妍剪下树藤绑在一根木棒两端，拉紧藤条使木棒弯曲，做成弓的形状。申瑟雅按照吩咐，固定住木板后，闵书妍将弓弦绕在钻木上，就像拉锯子一样，用双手来回拉动弓，使转轴转动。这种弓钻取火的方法，既节省了体力，又加大了摩擦力。闵书妍力不从心时，申瑟雅主动与她交换，两人轮流努力地拉扯弓弦。但许久过去，也只是冒出了白色的烟雾，没有

产生红色的火苗。

"我们也同意老师您的意见。原始人真的是用这种方法生火的吗？"闵书妍和申瑟雅也筋疲力尽地躺了下来。

"啧啧，你们都这么没有力气。我会像老师说的那样，怀着顽强的求生欲来生火的。"马相柏瞬间意气风发，快速搓动圆圆的木棒。或许是因为他比黄太星和女孩子们力气要大，看起来马上就要着火了。然而，这次依然没有产生火苗。

"啊，真烦人！"马相柏生气地把木棍扔到一边。

"相柏同学，原始人比我们肌肉发达，力气也更大，我们不能一下子生火也是在情理之中的。"黄太星努力安慰着孩子们，但是似乎没有任何效果。在饥饿的状态下倾尽全力的孩子们，无精打采地四散躺着。

"老师，我饿了。"申瑟雅说。

"瑟雅同学，我们把相柏抓来的鱼做成刺身吃吧？"

"我可不敢生吃那条身份不明的鱼。"申瑟雅从口袋里掏出口香糖，剥下锡箔纸，把口香糖扔进嘴里。

黄太星看到申瑟雅的口香糖，刹那间瞪大了双眼。他猛地握住了她拿着锡箔纸的手："瑟雅同学，还有口香糖吗？"

"您想吃口香糖吗？您喜欢吃口香糖？"申瑟雅被黄太星的激烈反应吓了一跳。

"我饿了，口香糖也是好的。不，不是那个……"黄太星双手接过申瑟雅的口香糖，"现在可以点着火了。瑟雅同学，你救了大家。"

孩子们困惑地看着黄太星，不知道他到底在说些什么。

这时，黄太星从腰间小包里掏出了一个小锤子，然后把自己的智能手机放在扁平的石头上，用锤子狠狠地砸了下去。智能手机的液晶屏幕像蜘蛛网一样裂开了。黄太星一锤一锤砸下去，屏幕碎片四处飞溅，手机彻底坏掉了。

黄太星一边砸手机，一边微笑着。不明所以的孩子们吓得围到了黄太星的身边。

闵书妍担心地问："老师，您怎么了？我叫什么名字来着？"

"我没疯，闵书妍。"

黄太星从智能手机的残骸中取出方形电池给孩子们秀了秀，像是捡到了宝石一样："叮咚！手机里的这个电池是锂离子电池，它可以发出3.7伏的电。"

"原来如此！但是怎么点火呢？"

"锡箔纸是可以导电的物体。电线里流动的电称为电流。电流在金属中的传导速度更快。"黄太星小心翼翼地剥掉口香糖的锡箔包装纸，把锡箔纸剪成了长条状。

"好了，准备工作已完成。现在找出电池的正极和负极，

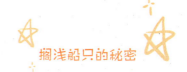

在两侧连接锡箔纸作为电线。这样一来，电流就会从正极出来，流向负极。"黄太星把长条状的锡箔纸缠在正极上，再用手按了按，"现在，如果把锡箔纸放到负极上，电流就会流动。你们知道利用干电池来点亮小灯泡的原理吗？"

在这样的时刻，竟然还要进行科学讲座！黄太星是真正的科学发烧友，对科学探究充满了无限热情。

听到黄太星的提问，闵书妍神采奕奕地回答："会产生热量。"

"叮咚！随着电流的流动，电线就会产生一定的热量。热量传播到这个锡箔纸上的话……"

"口香糖纸就能着火了。"闵书妍抢答道。

黄太星咯咯地笑了，把锡箔纸连接到了负极上。锡箔纸上渐渐冒出了白色的烟雾，突然"呼"的一声着火了。黄太星快速地将火转移到枯草上，随后点燃了篝火。

"老师，您太棒了。"孩子们看得目瞪口呆，黄太星朝着他们耸了耸肩。

这时，马相柏对申瑟雅说："瑟雅你的功劳最大了。如果你没有带来口香糖，我们绝对不能够生火。"

"哪里啊，老师都贡献出了智能手机……"突然听到马相柏的称赞，申瑟雅羞得红了脸。

　　"是老师的科学知识救了我们。拜托您给我们做好吃的烤鱼吧。"闵书妍笑道。

　　"我可不是厨师哦。"

　　听到黄太星的话，孩子们哈哈大笑。

　　闵书妍把点火的功劳归于黄太星，马相柏则归功于申瑟雅，申瑟雅又让给老师。大家彼此称赞着对方，脸上都露出了

灿烂的微笑。

黄太星用刀子削下树枝，做成长长的木签，把鱼串在上面。马相柏也捡起小木棍，把小鱼虾串了上去。两人在熊熊燃烧的篝火上架起了烤串。大家围坐在篝火旁，黄太星和孩子们的心理距离变得更近了。

烤鱼香气袭人，让人垂涎欲滴。马相柏咂着嘴说："老师，那个烤鱼多久后会熟呢？我饿得头晕目眩啦。"

黄太星拿起一根烤得两面金黄的鱼串，仔细看了看烤熟的程度，然后递给了马相柏："给你！相柏你先吃吧。"

"多亏了瑟雅，我们才有了火。"马相柏接过烤鱼，又递给了旁边的申瑟雅。

"谢谢你，相柏。"

"真好，互相谦让的品质最可贵了。现在都烤好了，大家都来拿吧。"

黄太星和孩子们拿着烤串，品尝着大家的劳动成果。

"老师，烤鱼为什么如此美味呢？如果开个烤鱼店的话，客人们一定会蜂拥而至。"

"这个主意不错。我会给客人们普及鱼类知识。哈哈哈，有市场就有机遇。大家都饿坏了吧？相柏啊，再好吃也不能把鱼刺吃掉啊！"

　　闵书妍和申瑟雅听着马相柏和黄太星的对话，捧腹大笑。

　　吃完饭后，黄太星和孩子们回到窝棚里，静静地看着噼里啪啦燃烧着的篝火。

　　"老师，吃饱就困了。"

　　"我也是，书妍同学。"

　　黄太星和孩子们安然地闭上双眼，沉沉睡去。他们完全不知道，这时树林深处正有人盯着他们。

　　树林里的人拿着长枪，一整晚都监视着黄太星一行人。天一亮，他们就从树林里走了出来，站在窝棚前面。他们用枪指着黄太星和孩子们，露出了自己的真面目。

生存的必要条件——水和火

这扭曲变形的水壶可是宝贝，能烧出生命之水。

 溪水看起来很清澈，不可以直接喝吗？

细菌是肉眼看不见的。清水中也有细菌。

 我们用水壶烧水喝吧，那样细菌就会被杀死了。

1. 水源水质标准

　　如果在水中发现了淡水虾的话，就说明那里是纯净的一级水源地。淡水虾对水质的要求很高，必须在干净的水中才能生存。为了保护和合理使用水资源，保障人们的身体健康，一般可以把水质分为四个标准等级。

一级水源：水质良好，能够直接饮用的水

二级水源：经过净化处理后能够饮用的水，可在水里游泳

三级水源：水中有大量泥沙与石头，不能饮用，但可以作为工业用水

四级水源：污染严重，可能会引起腹泻、呕吐、皮肤病等一系列疾病

水质的四个标准等级

在一级水源地栖息着淡水虾、涡虫、蜻蛉等生物，像这些对水质污染敏感的生物被称为水质指标生物。二级水源地有蜉蝣和鲤鱼。三级水源地有水蛭、水蚤及鲶科生物。四级水源地有孑孓（蚊子幼虫）、红线虫（水蚯蚓）等。请大家记住一级水源地的水质指标生物吧！倘若遇到了危难，我们就可以凭它们找到可以饮用的水源了。

细鳞鱼　　　　　淡水钩虾　　　　　涡虫　　　　淡水小龙虾

一起制作
净水器吧

如果下雨导致干净的溪流变成了泥汤，该怎么办呢？这个时候，我们可以制作一个简易净水器，以过滤粗砾石、细沙等杂质，净化泥水。这个净水器中间的木炭粉具有很强的吸附性，能很好地过滤掉污染物。

粗砾石
沙子
木炭粉
沙子
小石子
纱网或面巾纸

首先，用布堵住塑料瓶口，把塑料瓶从中间剪开。

其次，将塑料瓶的下端固定在地面上，把塑料瓶上端倒过来，瓶口向下插入下面的塑料瓶内。

再次，如左图所示，依次放入净水用的材料。

最后，倒入泥水就可以净化了。

2.生火的方法

(1)凸透镜取火法

如果没有火柴等引火器的话，那就利用放大镜试试吧。放大镜是凸透镜，有会聚光线的作用。阳光通过凸透镜聚焦到落叶或纸张上，积攒到足够多的热量后就能产生火种。若是没有放大镜，也可以制作一个中间厚、周边薄的圆形冰块或装入水的透明塑料袋，它们都可以作为放大镜的替代品来使用。

利用放大镜会聚阳光

(2)钻木取火法

原始人使用钻木的方式摩擦生火。首先，把木板固定在地面上，在上面钻一个洞或开一个槽。然后，把木棍削尖插入洞或凹槽处，双手手掌夹紧木棍反复搓动。当摩擦产生的热量足够时，就会慢慢冒烟，进而将磨出的木屑点燃，看到火星后加柴即可。但是，这种手钻取火的方法需要耗费大量体力，生火难度很大。后来，原始人发明了弓钻取火的方法。他们在棍子两端缠绕绳子并拉紧，使木棍弯曲成一个弓形，再把弓弦绕在钻棒上，两头来回拉动，就像拉锯一样，使转轴转动起来。这样既能节省体力，又能增大摩擦，生火的效率大大提高了。

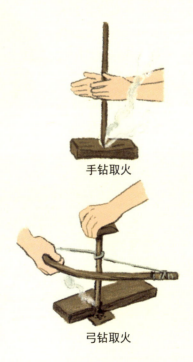

手钻取火

弓钻取火

(3)电池取火法

对于生活在现代的我们，有一种更为简便的生火方法，那就是利用电池取火的办法。将锡箔纸接到电池的正负两极，形成一个电流回路，就会产生较大的电流通过锡箔纸。电流通过锡箔纸的过程中，局部热量过大，锡箔纸就会燃烧起来。

利用电池与锡纸生火

3.原始人的房子

原始人最早住在天然的洞穴中。进入新石器时代，他们有意识地建造一些原始房屋用来居住，于是产生了圆锥形的窝棚式半地穴建筑。原始人模拟自然界中动物挖掘的洞穴，开挖地穴，天然的墙体——土墙也应运而生。他们把地穴的原始

新石器时期的窝棚式半地穴房子

为基址，四角竖立木桩，构成高出地面的底架，并使用木头将墙和屋顶连接成一体，形成墙骨。然后将树枝和芦苇绑扎连接，覆盖人字形的屋顶，合围四周的墙体，再用草泥涂抹，就形成了木骨泥墙。到这里，房子基本上就建好了。窝棚式半地穴建筑的保温性能较好，夏季地穴中的温度比气温低，能够防暑热；冬季地穴中的温度比气温高，能够抗严寒。现代建筑中的地下室便是如此，夏季凉爽，冬季温暖。原始人在地穴建筑内部，还设置了炊事及取暖用的火塘，更适合生活和居住。

幸存下来的
少年们

　　"什……什么啊？"申瑟雅听到外面有动静，睁开了双眼。"啊！"突然看到窝棚前站着人，她不禁大叫起来。瞬间，大家也被声音吓醒了。

　　"都举起手出来。"站在窝棚前面，用枪指着黄太星一行人的是几个十几岁的男孩。

　　在清晨模糊的光线下，虽然看不清他们的脸，但是稚嫩的声音说明，他们都是青春期的少年。

　　"你们是谁？"还没等黄太星反应过来，马相柏猛地站了

起来。或许认为少年们拿的是玩具枪，他无所畏惧地质问。

"你好像还没弄明白现在的状况！这枪可不是假的。"

砰！站在最前面的少年举起枪对着空中开了一枪。巨大的响声，吓得大家不由自主地抖动了一下身体。远处的树林里鸟儿受到惊吓，扑棱棱乱飞着冲向天空。

开枪的男孩看起来像是他们的队长，长着黄头发和蓝眼睛，虽然看起来脏兮兮的，但穿着西服套装。其余的孩子，有一个和开枪男孩的身高、服装相似，另外两人看起来年纪更小一些。

"你……你们是干什么的？"

"我们是查曼岛的开拓者。不要废话，到外面来。"

黄太星对孩子们小声说："孩子们，我们终于和小说中的主人公见面了。安全起见，暂时听从他们的话。"

黄太星为了使男孩们安心，伸出双手慢慢地走出窝棚。马相柏站在他的旁边，闵书妍和申瑟雅紧随其后。

小个子男孩用颤抖的声音对开枪的男孩说："多尼范哥哥，有大人。"

"威尔考库斯，别废话！你和威普都举好枪，做好随时开枪的准备。"和多尼范同龄的男孩说。

"库劳斯，小屁孩们第一次见到野人，所以有些害怕。威尔考库斯、威普，有多尼范哥哥在，别担心。"多尼范虽然还是

个稚嫩的少年，但说起话来像极了大人，看起来既倔强又傲慢。

"嘿，野蛮人！你们乘坐的船在哪里？"多尼范用枪指着黄太星一行人说。

"谁是野蛮人？如果没有枪，你们就是一群手无缚鸡之力的家伙。"被野蛮人的称呼激怒了的马相柏反驳道。

在马相柏的挑衅下，多尼范皱起了眉头。

"你们不是白人，所以就是野蛮人。"

"这帮种族主义者……"

"听说现在有些国家正在进行主张人权平等的奴隶解放运动，你们也是这样的人吗？好吧，那就决斗吧。我们堂堂正正一决胜负。"

"你不会卑劣地拿着枪打我们吧？"虽然看起来比多尼范小，但浑身是胆的马相柏没有拒绝多尼范决斗的提议。

"相柏同学，这样做没有好处。我们需要得到他们的帮助，这样才能再次返回到现实。"黄太星劝道。

"不需要。老师您连自尊心都没有吗？他们竟然称我们是野蛮人。"

黄太星向闵书妍和申瑟雅发出了求助的眼神。

申瑟雅抓住了马相柏的胳膊说："相柏，忍忍吧。"

听了申瑟雅的话，马相柏犹豫了一下。

这下，多尼范更加嚣张了。他讥讽道："哼，我还以为你是个有勇气的家伙，原来是个怂包啊。"

话音刚落，马相柏突然爆发了，举着拳头冲了出去。

多尼范摆出拳击姿势，轻松躲过了马相柏的拳头。随后用右拳猛击马相柏的腹部。马相柏立刻捂住肚子跪在了地上。

"你们这帮家伙，就不能停下来吗？"突然，闵书妍跑了出去，做了一个后旋踢的动作。闵书妍可是跆拳道黑带二段，在跆拳道道场上一般人都不是她的对手。

多尼范以拳击姿势阻挡住闵书妍的动作后，踉跄了一下。

"什么啊？我可是绅士，从不和女人动手。"

"不要总说女人女人的。来吧，动手吧。"

"书妍同学，怎么连你都这样？"

闵书妍再次摆出跆拳道的姿势时，黄太星一把抓住了她。

"老师，不要劝我。这些家伙又是种族歧视，又是性别歧视的。"

"书妍同学，很久以前黑人是奴隶，女性也没有投票权。从衣着上来判断，他们应该是那个时代的孩子。"

"那我们就得受这种委屈吗？"

"现在这种方式肯定不合适。我们先用谈话解决，好吗？"

闵书妍总算松开握紧的拳头退了下来。多尼范从威尔考库斯那里接过枪，重新举了起来。

"多尼范同学，我叫黄太星，是一名教师。"

"教师？那么你不是野蛮人咯？"

"你们所说的野蛮人是指岛上的土著人吗？我们来自亚洲大陆。"

"亚洲？是指清朝所在的大陆吗？"

多尼范看来知道中国，他竟然提起一百多年前的清朝。那么，他会知道同一时代的朝鲜吗？闵书妍脑子里思来想去。

这时候，黄太星向多尼范提出了问题："没错，我们是亚洲人。这位同学，现在是哪一年？"

多尼范说是1861年。1861年，正是欧洲列强乘着轮船跨越海洋，到其他大陆进行殖民地争夺战的时期。现在到底在哪部小说里呢？

"你们一行人中没有大人吗？"

"没有。只有我们。"

"别说废话了！"多尼范对着突然回答的威普呵斥道。多尼范咄咄逼人的姿态，来自对危险的警惕。

"我们不是坏人。我们可以帮助你们。"黄太星为了让他们消除警戒心，努力解释着。

"如何帮助我们呢？"

"刚才你们说这里是查曼岛吧。你们知道这里是哪个地方吗？我知道这个岛的位置。"

听到黄太星的话，多尼范的蓝眼睛变得闪闪发光，其他孩子也瞪大了双眼。

"这里是南美洲大陆智利的尽头。纬度是南纬51°，经度是西经75°。"

"看来是在麦哲伦海峡附近。原来我们是从新西兰漂流到南太平洋的荒岛的啊。"

申瑟雅走近黄太星，小声告诉他："老师，我想起来了。这部小说是《十五少年漂流记》。多尼范是领导15名少年的领导团中的一员，他拥有独断专横且傲慢的性格。"

《十五少年漂流记》中描述了19世纪生活在英国殖民地新西兰的15名少年漂流到荒岛上，凭着坚韧的意志力与过人的智慧，克服了恶劣的环境，两年后安全返回故乡的故事。闵书妍也听过这本书。

"是吗？瑟雅同学太棒了。现在沟通应该容易多了。相柏同学，你也要暂时先听从他们的话，不能小看这些男孩。那个时代，他们从小就在学校里学习拳击、击剑，甚至是射击。那可是为了维护名誉而进行生死决斗，不惜丢掉性命的时代。"

马相柏虽然感到很委屈，但还是闭上了嘴。

黄太星说："多尼范同学，你们还有其他人吧？我们先去那里吧。我会帮助你们逃出这个岛的。"

"你如何让我们相信能帮助我们？"多尼范十分矛盾，他既不能把陌生人带到藏身处，也不能对提供帮助的人视而不见。

"好吧，我给你一个惊喜。"

黄太星拿出剩下的锡箔纸，连接到电池上，点着了火。看到这一切，少年们惊讶地张大了嘴巴。在那个时代，这可是超乎想象的魔法。

"我们也可以生火。"多尼范的反应与预期不同。

正在这时，一道闪电瞬间划破天空。过了一会儿，轰隆隆响起了震耳欲聋的雷声。见满天都是黑压压的乌云，抬头仰望天空的多尼范脸色大变。豆大的雨点一个接一个地打在孩子们的脸上，越下越大，没有停歇的迹象。

"多尼范同学，我们先避雨吧。虽然有点窄，但还是进我们的窝棚里来吧。"

多尼范仰起头说自己没问题，但是不能委屈弟弟们，之后假装盛情难却地走进了窝棚。多尼范一行人和黄太星他们坐在狭小的窝棚里望着瓢泼大雨。远处大海上闪电像蜘蛛网一样蔓延。雷声好像憋足了力量，发出山崩地裂的轰鸣。

威尔考库斯看着闪电问道："多尼范哥哥，闪电过后为什么会打雷呢？"

"因为它们的传播速度不同。"多尼范还没来得及回答，"科学发烧友"黄太星举起了一根手指。看起来，科学讲座马上就要开始了。

"光速每秒约30万千米，而地球周长约4万千米，所以光1秒钟能绕地球约7.5圈。"

孩子们眼里闪着光，他们聚精会神地听着黄太星的讲解。

"哇，速度太快了。"

"都说快如闪电，原来真是如此啊。"

"是这样的。你们知道吗？你们每个人的声音也有速度。声音在空气中的传播速度约为340米每秒。雷电中雷声属于声音的传播，闪电属于光的传播。因为光速比音速快很多，所以雷电虽然同时出现，但是我们往往先看到闪电，然后才能听到雷声。"

"哇，太神奇了。"

"那么，我们来计算一下乌黑的雷雨云距离这里有多远吧。来，我们一起等着闪电来袭。"

大家都屏住呼吸看着天空，一道闪电发出明亮夺目的亮光。

"一秒，两秒，三秒，四秒。"

众人数到第四秒的时候，远处传来了一阵雷声。

"好，威尔考库斯同学，这里和乌云之间的距离是多少？"

威尔考库斯手脚并用努力计算，但最终也没有算出来。

多尼范代替威尔考库斯回答："大概是1360米。声音的传播速度约为340米每秒，我们在4秒后听到了雷声，所以要把两者相乘。威尔考库斯，虽然我们漂泊在这座岛上，但是大家都没有放松学习。看来你没有认真学啊，以后要努力啦。"

面对多尼范的指责，威尔考库斯沮丧地点了点头。

"你叫威尔考库斯，对吧？别担心。如果你的哥哥接受了我们，这个聪明的姐姐会辅导你学习的。"黄太星向威尔考库斯使了个眼色，并用手指了指闵书妍，随后继续解释，"闪电是一种电，如果被击中，就会触电而死。打雷的时候不要躲在大树下，也不要在空旷的场地举起雨伞，因为闪电容易击中高处或凸出的物体，举伞等行为会增加被闪电击中的风险。"

孩子们听了点点头。

"预测天气能帮助人类极大地提高生存能力。原始人因天气的变化无常而感到忐忑不安，突然降下大雨或大雪，他们束手无策，只能默默承受。人类通过观察反复出现的自然现象，获得了预测天气的能力，比如蚂蚁成群结队地移动或燕子低飞是下大雨的征兆。"

闵书妍为了让多尼范接纳大家，不遗余力地夸奖黄太星：

"有黄太星老师在，我们什么都不用担心。不过，预测天气有什么科学依据吗？"

"当然有啊。蚂蚁有敏锐的感觉器官，所以能比人类提早注意到天气变化。它们会在蚁穴被水淹没之前，集体转移到安全的地方。其余的，我慢慢再告诉你们。"

看到多尼范一行人听得津津有味，黄太星没有继续讲下去，而是向闵书妍递了个眼色。闵书妍注意到多尼范他们的态度有所松动，于是示意黄太星再讲一些。

"你们是什么时候流落到这里的?"

黄太星一提问，多尼范马上答复："2月14日，我们漂泊到这座荒岛上。"

"今天是几号？"

"今天是4月20日。当然，这是翻过一年的4月了。"

"原来如此。你们靠自己的力量熬过了漫长的寒冬，你们真是太棒了。"

多尼范瞪大双眼问道："你怎么知道是漫长的寒冬？"

"这里是南纬51°，是四季分明的中纬度地区。春天百花齐放，万物生长。夏天会有30℃以上的高温酷暑。随着白天变短，到了秋天植物会结出累累果实。那时候储备过冬的食物了吗？这里的冬天又寒冷又漫长，一定下了很多雪，岛上的湖也

被冻得结结实实的吧？"

雨不知不觉就停了。最终，多尼范同意带着黄太星一行人去自己的藏身处。经过深思熟虑，多尼范判断黄太星的科学知识会给自己和伙伴们带来帮助。

"但是，现在你们是俘虏，那里有我的朋友们，我们会投票决定和你们建立什么样的关系。"

黄太星接受了多尼范的提议，大家一起走出了窝棚。据说他们的住所在15千米以外的地方。走到那里，足足需要3个小时。多尼范走在前面，黄太星一行人跟在后面，那之后是库劳斯、威普和威尔考库斯。

马相柏向黄太星询问各纬度天气情况不同的原因，于是，黄太星一路上对太阳热量、大气环流和气候变化等问题进行了冗长的说明。

沿着山路一路前行，最终到达的地方是悬崖下的洞穴。

少年们把这里叫作"法国人穴"。他们第一次踏入洞穴的时候，看到了里面有一具法国人的骸骨。骸骨的主人先于少年们到达了这里，在此生活过。申瑟雅给黄太星他们讲了小说内容，说少年们为了纪念骸骨主人，便把这里命名为"法国人穴"。

库劳斯进入山洞，过了一会儿又折返回来。随后，跟多尼范一行人差不多大的男孩子们成群结队地走了出来，其中有一个看起来年纪很小，像是小学一年级的样子。

少年们看到黄太星一行人先是感到十分惊讶，随即警惕起来。在荒岛上第一次遇到陌生人，他们难免会有这种反应。

少年中年龄较大的两个男孩走过来问道："多尼范，这些人是谁？是岛上的土著人吗？"

多尼范耸耸肩说："布里安，他们是清朝人。你也知道东亚大陆吧。"

那个叫布里安的男孩有一头浅棕色的卷发，与多尼范不同，他的表情温暖柔和，穿着上也显得自由随意了一些。

"我当然知道，那是统治东方的大帝国嘛。"

多尼范摇摇头，对布里安说："你别忘了我们大英帝国战胜了清朝的事实。"

西方列强在全世界建立殖民地的时期，最强帝国无疑是英国，多尼范对自己的英国人身份感到无比自豪。当时英国还征服了澳大利亚和新西兰，并把英国人移民到那里。多尼范就是移居新西兰的英国人。

闵书妍不喜欢他们说自己是清朝人，觉得有必要郑重说明自己是韩国人。

"我们不是中国人……不对，我们不是清朝人，我们是韩国人……不对，我们是朝鲜人。"

"朝鲜？那是清朝对面的岛国吗？"布里安问道。

"那是日本。朝鲜是介于清朝和日本之间的国家。"

"听过日本人来英国留学，没听过朝鲜。"多尼范嗤之以鼻。

"等着瞧吧，我们会在世界上引领潮流的！"

"胡说八道。大英帝国永远是世界上最强大的国家。你们不要忘记自己可是俘虏！"

马相柏再次被多尼范激怒，想要冲上前去理论。黄太星一边紧紧拉住马相柏，一边对闵书妍进行劝阻。

气氛一度十分紧张，这时布里安站了出来，说："多尼范，我们是有理智的人。虽然对方中有大人，但是他们不是小

孩子嘛，其中还有两个女孩。你不是说英国是绅士之国吗。"

"你最大的缺点是过于自由放纵。也许他们是想要加害我们的间谍。"多尼范想要在气势上压倒布里安。

"简直胡说八道！那是谁派来的间谍呢？"

"布里安同学似乎比多尼范聪明多了。"听到黄太星站在布里安一边，多尼范生气地瞪着他。

申瑟雅在黄太星身后悄悄说道："老师，最好不要把多尼范和布里安加以比较。布里安与多尼范不同，他向往自由，性格随和，所以少年们都很喜欢他，也愿意追随他。因此，多尼范十分嫉妒布里安。"

黄太星点点头，跟布里安说："布里安同学，我们和你们一样是遇难者。我们互相合作，一起逃离这座岛吧。"

布里安看了看多尼范："多尼范，你难道没有话要说吗？"

"别废话！那个像香蕉一样的大人所说的话都是他自己推测的。"

"布里安同学，多尼范同学说得没错，所有的一切都是推测出来的。我可是科学家，还发现这里在麦哲伦海峡附近。"

"布里安，多尼范，现在我们梳理一下和他们之间的关系怎么样？看看到底是朋友还是俘虏？"在后面一直看着这一切的一名少年，走到大家中间说道。他的身高几乎与黄太星不相

上下，看起来也很稳重。

布里安把手放在那个男孩的肩膀上说："戈顿，你的想法是什么？"

"布里安，我们一起开会决定后再告知他们吧。当然，最终决定还是要由你这个领袖来做。"

申瑟雅立刻告诉大家关于戈顿的事："戈顿是查曼岛的第一任领袖。布里安和多尼范凡事都要争个长短，戈登经常出面调和二人关系，帮助他们做出合理的决定。"

"瑟雅同学，谢谢你。如果你没有读过这部小说，那我们的处境就更难了。"

布里安、戈顿、多尼范和领导团中的其余三个男孩聚在一起开会，会议气氛很严肃。

闵书妍焦急地等待着少年们的决定，同时祈求上苍不要让自己一行人成为俘虏。

从目前情况看，布里安和戈顿对黄太星一行人没有敌意，多尼范也认为黄太星的科学知识能够帮到大家。但多尼范与布里安二人凡事都要争个高下，所以最终结果无法预料。

会议总算结束了。

布里安走过来问："您是黄太星老师，对吗？"

"是的，布里安同学。"

"我允许你们成为查曼岛的成员。"

"谢谢你，布里安。"

"但是洞穴里太过狭窄，我们无法一起居住，所以只能请你们在外面搭帐篷住了。"

"有帐篷住我们就足够了。"

"冬天就要来了，在帐篷里过冬恐怕不行。我们正准备扩建洞穴，大家一起帮忙吧。"

"非常愿意。谢谢你们。"

布里安一伸手，黄太星立刻紧握住他的手。就这样，黄太星和孩子们真正成为查曼岛的成员。

布里安对少年们大喊道："来，今天是查曼岛接收移民的第一天，让我们一起庆祝吧！"

少年们大声欢呼起来。

在闵书妍眼里，布里安无疑是出类拔萃的，他拥有很好的领导力，看起来很棒。布里安与其他领导团的少年们商议后做出慎重决定，并发表了重要声明。他是一个懂得引领别人、善于调动团队情绪的领袖。

与之相反，多尼范则摆出一副不悦的面孔。申瑟雅告诉黄太星他们，多尼范为没有当选领袖一直耿耿于怀。

预测天气，提高生存技能

老奶奶感到腰痛，捶着腰说："看来要下雨了啊？"这是真的还是假的？

是真的。我奶奶感到腰酸腿痛时，过一会儿肯定会下雨。

太玄乎了吧？会不会是看了天气预报呢？

好像有些科学道理……

1.纬度不同，气候也不同

纬度不同，地表受到阳光照射的情况就不同，获得的太阳热量也不同。低纬度的赤道地区能够垂直接收到太阳光，因此单位面积的能量增加，气温升高。高温使海水大量蒸发，降水量增大，所以在低纬度地区就形成了热带雨林气候。由于地球的公转，中纬度地区夏季阳光充足、气温高，冬季阳光不充沛、气温低，因此，形成了四季分明的气候特征。高纬度的两极地区由于太阳高度角小，单位面积地面获得的太阳光就少，因而形成了终年低温的寒带气候，加上受地球自转影响，还会有极昼、极夜现象。

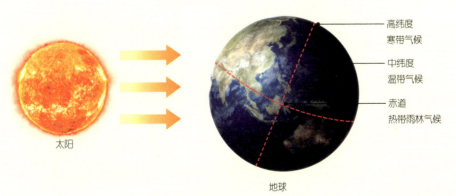

太阳光的照射

2.不同地区应对不同气候的方法

(1)赤道地区

　　赤道地区是潮湿多雨的热带雨林气候。这里年平均气温在20℃以上，降水丰沛，分布着广袤的森林和各种各样的动植物。这里是地球上获得太阳光最多的地区，大气蒸发旺盛。大量的湿润空气受热膨胀上升，赤道上空便会形成巨大的云团，云团在高空遇冷凝结就会形成对流雨。在赤道地区如何建造一座既能通风降温、遮风挡雨，又能防止动物侵袭的房子呢？如下图：

阳光

云

风

屋顶坡度大，
有利于排水

门窗较大，
便于散热

为了隔地热、防害虫，
建造房屋时抬高地基

适合赤道地区的房屋

(2)中纬度地区

中纬度地区是四季分明的温带气候。这里土壤肥沃，气候宜人，最适合人类居住，所以成为人口分布最密集的地区。在这个地区要注意夏季暴雨与冬季寒潮。夏季，冷暖空气频繁交汇形成降雨带，就会带来一场场暴雨。冬季，来自高纬度地区的寒冷空气像潮水般奔流而来，就会形成灾害性的寒潮天气。

暴雨

寒潮

(3)极地地区

两极地区的寒冷气候叫极地气候，又称寒带气候。极地气候包括冰原气候和苔原气候两种类型。人们很难在终年严寒、冰雪覆盖的冰原气候地带生存，但在苔原气候地带则有为数不多的人类居住。这里全年皆冬，一年之中气温最高的月份也只有10℃左右。由于生存环境恶劣，当地人无法耕种，主要依靠狩猎陆地哺乳动物或海洋哺乳动物为生。为了抵御严寒，他们身穿动物皮毛制成的衣服，夏天住在兽皮搭成的帐篷里，冬天住在雪砖垒砌成的雪屋中。他们会融化冰雪饮用，泰然自若地应对来自大自然的挑战。

雪屋

生活在苔原气候地带的人们

3.预测天气

(1)燕子低飞天将雨

昆虫对空气湿度较为敏感，当空气中的水汽含量增多，大多数昆虫的翅膀都会被沾湿，没有办法自由展开和飞行，只能沿地面爬动或做低空飞行。因此，空气湿度大成为燕子搜捕食物的大好时机，它们常常低飞捕获食物。大家从燕子低飞的现象中可以预知大概率要下雨了。

燕子捕虫

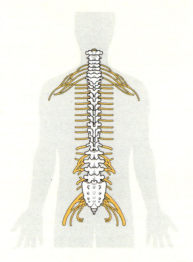

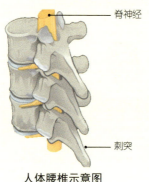

脊神经

刺突

人体腰椎示意图

(2)老太太腰疼要下雨

天气一转阴，很多人就会抱怨腰疼或膝盖隐隐作痛。"腰疼啊，看来要下雨了。"老人家的这句话，有没有科学依据呢？虽然没有人进行过严格的论证，但这是有一定道理的。我们先来了解一下腰椎的构造吧。成年人的腰椎有5块，椎体之间有椎孔。椎管是由多个脊椎的椎孔连接形成的通道，里面有脊神经。正常情况下，椎管内压与外界大气压保持平衡，从而维持着腰部的活动自如。但是阴雨天，外部气压降低的同时，腰椎管内压力增大，对腰椎神经的刺激程度加重，便会引起腰部的疼痛。椎管的宽度基本上是固定的，老年人因常年的劳损使腰椎椎管变得狭窄，容易引起腰椎神经受压的情况，再加上阴雨天压力陡增，疼痛症状就更加明显了。

查曼島
黄太星医院

流落荒岛的十五个少年是新西兰查曼寄宿学校的学生，他们登上帆船，计划利用暑假出海旅行，但是出发前夜帆船意外漂离了港口。牢牢地拴在港口的帆船，为何会莫名漂走呢？少年们百思不得其解。当他们意识到帆船远离陆地，正漂向大海深处的时候，已经无法返航。大海上本就危险重重，暴风雨的侵袭更是雪上加霜。多亏了见习水手麦克，大家才勉强驾驶帆船挺过了风暴。最终，帆船跨越了南太平洋抵达了南美洲大陆最南端的麦哲伦海峡。黄太星一行人与他们见面时，是少年们遇难一年后。

少年们以自己的学校名称命名这座岛屿，称之为"查曼岛"。他们把自己当成开拓者，在岛上生活。虽然大家都只是少年，但是组织管理相当有序，也有着相对固定的生活方式。他们推选出领袖进行各项决策，还找到了山洞，熬过了严酷的冬天。不仅如此，他们还把遇难帆船上的物品全都带回了山洞。少年们在洞穴的一侧打造出一个圈牢，把狩猎来的野生动物作为家畜饲养，并用鸟类和小动物来补充蛋白质。但是他们年龄尚小，没有制造或修理大船的技术，一直没有找到逃出荒岛的方法，所以至今仍生活在这里。

少年们用自己的方式构筑了一个社会体系来维持岛上的生活。不过，他们也有难以解决的棘手问题，那就是缺乏基础医

学知识。

"基础医学关乎人的生命与健康。"已经成为查曼岛一员的黄太星望着在树林里玩耍的孩子们喃喃自语。

"老师，您在说什么？"

面对闵书妍的提问，黄太星忧心忡忡地说："时代不同，思想观念也不同，那些孩子可能连细菌和病毒都不知道。而且，这里也没有药。在不卫生的环境中受重伤的话，就会因感染而丢掉性命。如果想活着离开这里，就必须了解一些基础医学知识。"

听了黄太星的话，闵书妍便去找布里安询问少年们的健康和卫生管理状况。布里安说，他们夏天在流动的河水里洗澡，但是冬天就没办法洗澡了。接着他担心地补充道，因为受伤时没有好好治疗，所以伤口部位经常会化脓。

和少年们一起生活大约一个月后的一天，黄太星的担心变成了现实。三年级的詹金斯从树上摔下来，大腿被撕裂了4厘米。听到詹金斯撕心裂肺的哭喊声，闵书妍急匆匆跑了过去。这时，黄太星已经到达现场，观察起詹金斯的伤口。压在大腿上的毛巾早已被鲜血染红，有一些孩子看到詹金斯深深的伤口不禁失声痛哭起来。

"别担心，黄太星老师会治疗的。"布里安用柔和的声音

安慰着詹金斯。

詹金斯用袖子抹去眼泪，忍住了哭泣。但是每次触碰到伤口的时候，他都会露出相当痛苦的表情。

"布里安同学，出血是最大的问题。"

"之前受伤时，因为伤口不大，所以用力按住就能止血。但是这次伤口又大又深，流血不止。老师，怎么办才好啊？"

"首先要对伤口进行消毒，以免感染。然后要缝合伤口才行。孩子们，你们有针线吗？"

黄太星的话音刚落，布里安就向见习船员麦克做出了指示："麦克，快把针线工具拿来。"

"细菌感染会出大事的。既然没有消毒酒精，那就快去烧水吧，请帮我准备好热水。"

这次同样是布里安下达指令，男孩们听命迅速行动起来。闵书妍和布里安一起把詹金斯搀扶到帐篷里，使他平躺在木制的床上。

殷红的鲜血从詹金斯撕裂的大腿处喷涌而出，黄太星先用干净的水清洗了伤口。布里安站在旁边，竭尽全力协助黄太星。黄太星取出放在热水中消毒过的针，开始穿针引线。

"黄太星老师，什么是细菌啊？"布里安忧心忡忡地问道。

"细菌是肉眼看不见的微生物，无处不在，会引起诸多疾

病。我们饮用的水里有，手上也有很多。但是细菌也是生物，可以用沸水消灭它。"

布里安想必从来没有听说过"细菌"这个词。他们可能学习过草履虫、变形虫等原生动物，但还没有"细菌"或"感染"的概念。虽然那个时代对于微生物的研究已经开始了，可是布里安这些少年是无从得知的。

"詹金斯同学，可能会很疼，你忍得住吧？"

詹金斯嘴里叼着毛巾点点头。

黄太星安抚着大家，说自己参加动物实验时做过医学手术。每当针扎进肉里时，詹金斯都咬紧牙关，虽然不免发出呻吟声，但他还是坚强地挺过来了。

"你还是个孩子，在没有麻醉的状态下忍受住了缝合皮肉的痛苦，真是太了不起了！"治疗完毕的黄太星在大家面前称赞了詹金斯，随后回过头看着布里安，"血液约占我们体重的8%。詹金斯的体重约30公斤，所以身体里有2.4公斤（约2.4升）的血液在循环流动。他失血过多，再晚一点手术恐怕就危险了。布里安，你毫不迟疑地听从指挥，协助我完成了手术，谢谢你。"

伤口缝了五针，随着细胞分裂，伤口缝合处的皮肉会慢慢长起来。刚结束治疗，詹金斯就疲惫地睡着了。

　　看到詹金斯沉睡的样子，布里安终于松了一口气。他向黄太
星深深鞠躬，表示感谢："谢谢您，黄太星老师。如果没有老师
的话可能就会出大事了。谢谢你，书妍，你也帮了大忙。"

　　"布里安同学，詹金斯静养一段时间伤口就会逐渐愈合，

但是我担心会细菌感染，用酒精消毒才能防止伤口处化脓。"

在后面默不作声的闵书妍说："老师，洞穴仓库里有很多酒，是不是可以从酒里提炼出酒精呢？"

"没错。"

"酒怎么才能变成酒精呢，老师？"布里安眨着眼睛问。

"酒精的学名叫乙醇，酒实际上是水和乙醇的混合物。要想获得酒精，必须知道分离混合物的蒸馏法。水的沸点为100℃，乙醇的沸点约为78℃，利用二者的特性差异……"

"老师，一边操作一边讲课会更让人印象深刻的。"看到黄太星马上就要开始科学讲座，闵书妍直接打断他。

"好吧。那么布里安和我一起提炼高纯度的酒精吧。使用你们的酒没问题吧，布里安？"

"老师，请随便用。葡萄酒、啤酒、威士忌，只要是船上有的东西都带来了。蒸馏是指从酒中提取纯酒精，是吗？而且酒精可以用于消毒。"布里安欣然同意。

"是的，你很聪明。浓度为75%的酒精能够杀死细菌，用它擦拭伤口就不会化脓。"

"多亏了老师，我知道了这么重要的事情。"

在这个时代，医生也不洗手，因为他们几乎没有细菌感染的概念。黄太星发现布里安有着惊人的学习天赋和超强的学习

能力，所以想传授给他更多的科学知识。

"细菌和病毒会在我们身体里制造毒素。虽然也存在像乳酸菌一样有益于身体健康的细菌，但是不洗手就直接取食物吃或饮用不干净的水的话，会引起腹泻等疾病的。"

"太了不起了！老师就像医生。"布里安的声音中充满了对黄太星的崇拜。

"医生？成为黄太星大夫？那也不错，哈哈哈。"

闵书妍用胳膊肘戳了戳黄太星："老师，您不会是想在这里开医院吧？"

黄太星听了闵书妍的话，打了一个响指道："好主意！干脆把这个帐篷弄成医院吧。无论是宝贵的食物还是衣服，我们得到了多方面的援助。现在，我们也开办医院来帮助查曼岛上的少年们吧。"

"老师，难道您忘记我们的任务了吗？开设医院这件事，不在我们的计划之内啊。"

"书妍，我知道这样会很辛苦，但是我们非常需要医院。今后还会出现像今天一样有人受伤的情况。而且，天气越来越冷，感冒的孩子也会增多。拜托了！"

布里安用恳切的眼神望着闵书妍。闵书妍有些动摇了。一直以来，布里安对大家既亲切又热情，他提出的请求，闵书妍很难

拒绝。

"好吧，如果你这么说的话······"

"书妍，谢谢你。黄太星老师，感谢您。"

看到布里安兴高采烈的样子，闵书妍的脸上也浮现出笑容。

"布里安，你协助老师多提炼一些酒精。我会给孩子们制作健康食品。上次在鹦鹉螺号上，我曾经给生病的尼摩船长煮了海带汤，结果他很快就恢复健康了。瑟雅和相柏也会帮助我的。"

这时，申瑟雅和马相柏走进了帐篷。不知为何，申瑟雅的脸色看起来有些苍白。闵书妍把刚才的事情告诉了朋友们。

"你们同意开办医院吧？医院的名字叫'黄太星医院'怎么样？"黄太星猛地跳起来说。

"叫'闵书妍医院'也不错哦。"

"书妍同学，把医院的命名让给我吧。我简直太开心了，哈哈。"

"好吧，黄大夫！布里安，还有一件事，我们要对孩子们进行卫生教育。只要遵守洗手、洗澡等几条卫生守则，就能预防多种疾病。"

黄太星竖起了拇指赞道："果然，还得是聪明的书妍同学。哈哈哈，从今天开始这里就是'查曼岛黄太星医院'了。布里安，为了蒸馏出酒精，把洞穴里的酒和碗拿到这里来吧。

数量越多越好，多多益善。把酒加热至78℃—100℃之间，生成的蒸汽再经过冷却就可以得到高纯度的酒精了。"

黄太星和布里安兴致勃勃地筹划着接下来的事情，闵书妍为此感到很高兴。但是注意到申瑟雅面色惨白、萎靡不振，她又不禁担心起来。

多亏有酒精消毒，詹金斯缝合的伤口没有化脓，愈合得很好。孩子们即使没有生病，也喜欢跑到黄太星医院来玩。闵书妍煮的海带汤很受欢迎，少年们常常跑来品尝美味的海带汤，每次都赞不绝口。就这样，少年们和黄太星一行人的心理距离在不知不觉中被慢慢拉近。

得益于黄太星的诊疗、闵书妍的海带汤和卫生教育，孩子们的健康状况逐渐得到了改善。但也有状态越来越差的孩子，那就是申瑟雅。她刚开始时病恹恹的，随着病情逐渐加重，现在已经卧床不起了。

闵书妍用温暖的湿毛巾擦了擦申瑟雅的额头，说："瑟雅，快振作起来。"

申瑟雅没有应答，依然闭着双眼，眼角微微抖动，泪水顺着脸颊簌簌地流了下来。

闵书妍转过头询问黄太星："老师，瑟雅为什么这样啊？她为什么会浑身无力呢？"

"瑟雅同学得了思乡病。"

"思乡病吗？"

"我们已经离开家乡在外漂泊一段时间了，想必大家都很思念父母以及曾经生活的家园吧。书妍同学，你怎么样？"

闵书妍虽然嘴上说着没关系，但是也每天都在想念父母，所以能够理解申瑟雅的心情。

"不仅是瑟雅，相柏同学应该也是。他幸亏跟着多尼范去打猎，能稍微好一些，但思乡之情肯定跟你们是一样的。"

闵书妍回头看着申瑟雅说："瑟雅，要加油啊，我们一定能回去的。"

申瑟雅无力地点点头。如今，她完全没有了在学校时的气势。在这里共同生活的日子中，大家才发现看似盛气凌人的她，也是个柔弱的孩子。

"瑟雅，有什么想吃的吗？"

"我想回家。我想吃炸鸡。"申瑟雅露出迫切的表情。

"炸鸡！瑟雅同学，我也很怀念韩国炸鸡。"闵书妍也跟申瑟雅和黄太星一样，想吃满口留香的香酥炸鸡。不过在这荒岛，哪里有炸鸡呢？

"我开玩笑的，送炸鸡的外卖小哥可到不了这儿。"看到闵书妍为难的样子，申瑟雅有气无力地安慰道。

"我们试试吧！如果做得好的话，我想应该差不多。"突然，马相柏走进帐篷，自信满满地说。他应该是在帐篷外听到了大家的谈话。

"相柏啊，你说可以做炸鸡？"一瞬间，申瑟雅睁大了双眼。

见马相柏握紧拳头点点头，黄太星挥动着手臂说："相柏同学，别说这种不切实际的话让瑟雅抱有期待。那只是空想。

如果做不出炸鸡，瑟雅会伤心，身体也会每况愈下的。"

　　然而，马相柏胸有成竹地向申瑟雅做出保证："我也很想吃炸鸡。我一定会给你做出炸鸡的。"

　　不知从什么时候开始，马相柏对申瑟雅说话的口气变得既温柔又体贴。

"好吧，相柏同学，那就试试吧！我也会把我的科学知识全部调动起来。"

"老师，这里的孩子们主要吃什么肉呢？"

"吃起来口感像牛肉的是大羊驼，是脊索动物门、哺乳纲、偶蹄目、骆驼科的动物。吃起来像猪肉一样的是叫领西猯的动物，它属于脊索动物门、哺乳纲、偶蹄目、西猯科，外形跟野猪差不多。"

"老师，我的意思是少年们主要吃的肉，是说多尼范他们狩猎到的鸟类。"

"鸟类？他们猎到了野火鸡、盔珠鸡、鹌鹑、斑鸠、南美燕鸥等鸟类。"

"没错。我记得有形态似鸡、味道也相似的鸟类。"

"可能是盔珠鸡。"

"在这里大家都是烤着吃，所以鸡肉的口感和炸鸡不同。炸鸡要用油炸，但是我们弄不到油啊。"闵书妍插嘴道。

"相柏同学，书妍同学说得对，这里可是荒岛，既不能炼制出油，也不能买到油。"

"不。我记得很清楚，和多尼范出去打猎的时候，看到过企鹅。我说要猎杀企鹅，但是多尼范说企鹅体内油脂很多，可以食用的肉却很少。"

　　"哦！对啊。看来能弄到油了。企鹅因为生活在寒冷的地方，所以身上有很厚的脂肪层。厚实的皮下脂肪帮助它们保持体温、抵御严寒。"

　　"多尼范还说在海岸上看到过海狮。"

　　"有海狮吗？海狮属于脊索动物门、哺乳纲、鳍足目、海狮科。作为生活在海洋中的哺乳动物，海狮体内脂肪丰富，可以榨取大量的油。即使抓住一只，也能获得可观的油脂呢。"

　　"不过海洋哺乳动物在我们生活的时代，可是濒临灭绝的珍稀动物。"闵书妍想起了在鹦鹉螺号上反对猎杀儒艮的事。

　　黄太星也清楚地记得当时的事情。

　　马相柏看着有气无力躺着的申瑟雅说："人都快死了，还提什么灭绝危机。为了瑟雅就猎捕这一次吧。"

　　黄太星了解马相柏的心思，于是点了点头。他想利用这次机会，使他那坚如磐石的心变得柔软一些。

　　"好吧，相柏同学，就狩猎一次吧。来，让我们从现在开始就准备做韩国炸鸡吧。"

　　"相柏啊，但是还有件事没有解决。"闵书妍突然想起了裹在炸鸡外层的油炸粉。

　　就在此时，黄太星猛地一跳说："哎呀呀，忘记油炸裹粉了。只是油炸，没有裹粉，就不能算是真正的韩国炸鸡了。炸鸡粉要用碳水化合物来做，这个岛上肯定没有这种东西。"

"老师，您真的这么认为吗？"马相柏的眼神依然坚定，他似乎已经考虑到炸鸡脆皮的制作了。

"南美洲盛产土豆，但是真的能在这个岛上找到土豆吗？到目前为止还没有见到过，那说明肯定是没有了。"

"不，树林里到处都是碳水化合物。"

"相柏同学，别开玩笑了，我也每天都在树林里寻找，但是没看到碳水化合物啊！"

马相柏摇摇头，在鼓鼓囊囊的裤袋中掏出了一大堆东西。原来是橡果。

"山里的橡果熟了，掉得满地都是。"

"哦，我的天啊！被子植物门、双子叶植物纲、壳斗目、

壳斗科的橡树上，所结的果实叫作橡果。现在正是深秋时节，树林里应该是落了一地。"黄太星惊讶地看着橡果，两条眉毛高高扬了起来。

"哇，你怎么想到的？不过相柏，你知道做橡果粉的方法吗？"闵书妍惊讶于马相柏的变化。她不禁对他刮目相看。马相柏虽然是小学科学社团的成员，但平时总是我行我素，疏于集体活动。

"我不知道，我们的这位科学老师会告诉你的。"

闵书妍和马相柏看向了黄太星。

黄太星面露愧色地说："直接把橡果磨成粉，是不是就可以了？对不起。我不是很清楚。"

黄太星的优点是理论知识丰富，不过弱点也很突出，那就是实操能力薄弱。

这时躺在病床上的申瑟雅稍微直起身子说："我以前在农村看到过做橡果糕的场景。"

"我现在的心情难以形容，仿佛黑暗的天空中划出一道光的感觉。"黄太星调整了一下自己的黄帽子说，"要如何制作呢，瑟雅同学？"

"将橡果放在太阳下面晒至壳开裂，然后把外壳剥掉，取出橡果肉加水研磨。静置一段时间，淀粉就会沉淀下来。除去

上层的水后，取出下层沉淀物，就是橡果淀粉了。此时的淀粉是湿的，需要用纱布包裹并挤压出里面的水分。最后晒个一两日，捣碎成粉末状就行了。"

"所有人齐心协力，不可能的事情就能变成可能！这就是合作的力量、集体的智慧。"黄太星把双手伸向空中，高呼万岁。

"老师，您有点夸张了，好像找到了救命的良药一样。"闵书妍走到申瑟雅身旁，牵起她的手。

"相柏同学，炸鸡肯定能帮助到思乡心切的瑟雅，也会给少年们带来莫大的慰藉。"

马相柏对黄太星报以微笑，他的眼眶微微泛起了红。看来继申瑟雅之后，他也对黄太星敞开了心扉。

黄太星从腰间的工具袋里拿出钳子，兴奋地说："用这个剥橡果皮就可以了，书妍同学和我一起准备制作淀粉吧。相柏和多尼范出去打猎，弄来油炸用的油。相柏同学，你知道吗？你的眼神变得越来越和善了。第一次见面的时候，你摆出一副随时要打斗的架势，把我都给吓到了。"

马相柏不好意思地涨红了脸："不要提我的眼神了！"

马相柏的语气依旧很横，不过大家都清楚，他并不是真的生气。

"呵呵，开玩笑呢。等着瞧吧，你会受到越来越多女生的

青睐哦，大家都喜欢温柔的眼神啊。"

马相柏刹那间面红耳赤，他假装在寻找东西，随后慌忙跑出了帐篷。

几天后，法国人穴里摆上了最大的锅。查曼岛的官方厨师麦克把盔珠鸡剁成大小均匀的肉块。马相柏在鸡块上裹一层橡果粉，放入滚烫的油锅中。

随着噼噼啪啪油炸的声音，洞穴里瞬间香飘四溢。正处于成长期的少年们连连咽着口水，三五成群地聚在一起等待着料理完成。

终于，金黄酥脆的炸鸡做好了，色泽诱人，香味沁鼻。马相柏把炸鸡装进碗里，带到了老师和孩子们所在的桌子上。

"在荒岛上竟然能吃到炸鸡，真是太让人激动啦！"黄太星简直垂涎欲滴，他的手不受控制地伸向了食物。

闵书妍挡住了黄太星的手，说："老师，您想想我们为什么如此艰难地制作炸鸡呢？"

"啊，对啊，瑟雅同学，你先尝尝吧。"

马相柏拿起一条炸得恰到好处的鸡腿，递给了申瑟雅。

"瑟雅，吃东西。你要加油啊，我们很快就能回去了。"

"谢谢你，相柏。谢谢您，老师。"申瑟雅咬了一口炸

鸡，发出"咔哧咔哧"酥脆的响声。

"真好吃啊，老师您也快尝尝吧。"

"那样好吗？"话音刚落，黄太星就伸出了手。吃了一口炸鸡的他，脸上浮现出无比幸福的笑容。马相柏和闵书妍把炸鸡分发给少年们，然后自己也吃了起来。众人一边吃，一边不由自主地发出赞叹声。

布里安、多尼范、戈顿三个少年领导走了过来。布里安代表大家向马相柏表示感谢："谢谢你们，你们制作的海带汤、骨头汤还有炸鸡都太棒了。多亏了你们，我的兄弟们能够逐渐恢复健康。"

马相柏转头看向多尼范说："多尼范，我谢谢你，有了你和朋友们的理解和帮助，才能实现这一切。"

"那是我们应该做的。但是为什么不让我们捕猎海狮呢？如果抓到了海狮，就能获得大量的油和肉了。"

听到多尼范的话，黄太星惊讶地问道："相柏同学，你阻止了狩猎海狮？那炸鸡用的油是从哪儿来的?"

"是啊，我们本来想抓几只海狮，但是相柏拜托我们不要猎杀，他说这是他的愿望。"

"亲眼看到悠闲自在生活着的海狮，我竟然下不去手了。在猎枪面前，它们只不过是毫无抵抗能力的动物而已嘛。"马

相柏不好意思地说。

　　"现代社会有很多哺乳动物都濒临灭绝，老师您说的话我深深记在了心里，所以放弃了捕杀海狮。后来发现，麦克收集了很多动物脂肪，我用那些榨的油。"马相柏挠着头娓娓道来。

　　听到这里，多尼范把手搭在了马相柏的肩膀上："起初，我看你很勇敢，也善于打猎。但是现在，我怎么觉得你越来越

懦弱了呢？"

闵书妍看到多尼范貌似在嘲笑马相柏，于是想向他解释生物灭绝之事。不过她犹豫了一下，生活在19世纪的少年们，可能无法理解生物灭绝以及地球环境危机等事情。他们会觉得很荒谬，甚至会把它们当成笑话。

闵书妍犹豫不决时，黄太星站了出来："多尼范同学，我们的马相柏同学非常喜欢海狮。你养过狗吧？"

"狗是人类的朋友，但是……"

"相柏和你是一样的心情。我们只要获取维持生存所必需的食物就可以了，既然不需要那么多，就不用杀害它们。你是这么认为的吧，相柏同学？"

看到黄太星这样维护自己，马相柏有些不好意思。多尼范也点点头，说想起了自己以前养的狗。

"爱护动物的人是善良的，而不是懦弱的。瑟雅同学，不是吗？"

"没错，相柏你是善良，并不是懦弱。"申瑟雅微笑着鼓励马相柏，一瞬间马相柏的脸烧得通红。

戈顿对黄太星说："您和朋友们都很神奇，看起来不像是这个世界的人。"

黄太星一行可是从一百多年后穿越来的，那是当然了。

"戈顿同学，我很快就会给你们展示这个世界上没有的新技术了。"

"如果知道那种技术，就能逃出这个荒岛了。"

"是的，度过这个冬天机会就会来临。我们要对未来充满希望，同学们！"

听了黄太星的话，戈顿点点头。他似乎领悟到了黄太星的意思，随后对布里安说："喂，布里安。现在洞穴扩张工程也结束了，难道不应该把老师请到里面住吗？天气可是越来越冷了。"

大家的目光集中到了布里安身上。

"查曼岛的男孩们，我宣布，来自遥远的亚洲的韩国的黄太星老师以及相柏、书妍、瑟雅，现在正式成为查曼岛的公民。让我们热烈欢迎，以示祝贺！"

大家一起站了起来，鼓掌庆贺。

少年们的欢呼声久久回荡在山洞里。

基础医学很重要

受伤时用酒精消毒，病情才不会加重。为什么呢？

如果伤口出现细菌感染不及时处理，就有可能发生二次感染。

酒精能杀死细菌，使伤情不再加重。

如果没有酒精，暂时可用100℃的沸水替代。

1.细菌与病毒

　　细菌是一个单细胞生物体。目前，已知除病毒以外的所有生物均由细胞组成。细胞表面有细胞膜，里面还有决定生物体遗传性状的遗传物质——DNA，以及提供细胞生命活动所需能量的蛋白质。细菌是单细胞原核微生物，它的生殖方式为最简单的分裂生殖，属于无性生殖。如作为原核生物的大肠杆菌，就利用自我裂解的方式进行繁殖。病毒是寄生生物，它必须寄生在其他生物体的活细胞内，以自我复制的方式进行繁殖。

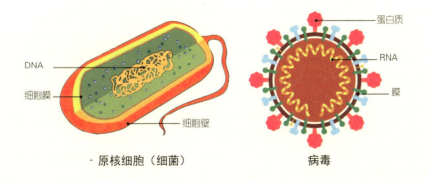

原核细胞（细菌）　　　　病毒

2.治疗传染病

(1)细菌感染与治疗

细菌性疾病有肺结核、肺炎、食物中毒等。为了防止细菌感染，必须勤洗手、吃熟食。细菌惧怕高温，即使是耐高温的细菌，在足够高温的条件下也会死亡。虽然将水煮沸不可能杀死其中所有细菌，但可以杀灭大多数细菌。所以，一定要喝煮过的水，吃熟透的食物。

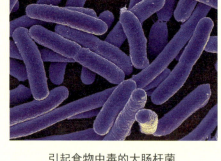

引起食物中毒的大肠杆菌

最初的抗生素——盘尼西林

即使在注意个人卫生和饮食健康的情况下，人也有可能患上细菌性疾病。这时可以使用各种抗生素药物来进行治疗。1928年，在青霉中发现的抗生素——盘尼西林（青霉素），挽救了许许多多细菌性疾病患者的生命。

(2)病毒感染与治疗

感冒病毒或冠状病毒会通过呼吸传染给他人，所以我们要戴口罩、勤洗手，防止沾在手上的病毒进入嘴或鼻子里。你知道吗？任何药物都无法治疗病毒感染。病毒与细菌不同，基本没有独立生存能力，它需要劫持宿主细胞作为生存繁殖的场所。所以要消灭宿主体内不断增多的病毒，就要连同宿主细胞一起杀死才可以。药物只能缓解病毒感染的症状，而不能彻底消灭病毒。医院开的感冒药，实际上是缓解流鼻涕症状的抗组胺药，或具有散热作用的解热药。那么，我们如何才能战胜感冒病毒呢？

冠状病毒

我们身体里的免疫细胞会形成抗体以对抗病毒的侵犯，使人免患感染性疾病。疫苗是经过灭活或减毒的病毒或细菌。人类通过相关技术提取病毒或细菌具有免疫抗原性的抗原成分，使其在一定程度上丧失致病能力，但可以刺激机体发生免疫应答，产生一定的抗体，进而预防疾病的发生。身体里产生了特异性的抗体后，在下一次感染同类型的抗原物质的病原体时，抗体就能够对它进行有效识别，并将它清除，从而不会感染上与这种抗原同类性质的病原体所导致的各种疾病。

如何提高免疫力？

——保持充足和良好的睡眠。睡觉时大脑中会分泌出一种调节免疫力的激素——褪黑素。

——多晒太阳。晒太阳有助于体内形成一种免疫调节剂，即维生素D。

——提高抗压能力。长期处于压力之下，人的身体就会分泌大量的皮质醇，会抑制人体的免疫反应，导致容易感染疾病。

3.大量失血与止血

(1)失血过多为何会危及生命

当人体受伤流血时，血液不会长流不止，一般过一会儿就能停止出血。为什么呢？那是因为血液中的血小板起到了凝血和止血的作用。当出血时，血小板在数秒钟内就会集结，成群结队地扑上去封闭伤口以止血。之所以血液是红色的，是因为血液中存在红细胞，它有运输氧气的功能。人在大量失血后，身体会出现供氧不足的情况，从而危及生命。心脏骤停后的黄金抢救时间是4分钟，大脑缺氧超过这个时间，人就会濒临死亡。因此，一旦受伤就要尽快止血。

(2)快速止血的方法

前臂出血时，要尽可能抬高手臂至高于心脏的水平面，帮助血液回流。如果出血不止，就用皮带或鞋带绑扎受伤部位的上端，以减少出血量。把木棍绑缚在肢体的外侧，夹住患处并扎紧进行固定处理，能防止伤口猛烈出血，减轻患者的痛苦。

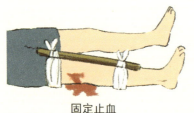
固定止血

受伤部位捆扎的时间过长，会严重损伤组织，甚至导致肢体坏死。为了防止伤肢缺血坏死，要明确标注止血时间，每隔一段时间要放松后再次捆扎。

（3）防止二次感染

我们的皮肤上有不计其数的细菌。感染，一般指病毒感染，是指病原微生物或寄生虫等侵入机体并生长繁殖引起的病理反应及对机体造成的损害。而二次感染是指细胞乃至个体受某种感染体感染后，又感染了同种或异种的感染体。为了防止二次感染，可用酒精对伤口进行严格的消毒处理。酒精的基本成分是乙醇。我们所使用的医用酒精是浓度为75%的乙醇。酒精之所以能杀死细菌，是因为适当浓度的乙醇能穿透细菌的细胞壁，使细菌细胞破坏溶解。任何食用酒类里都有酒精，即食用酒精。水的沸点为100℃，乙醇的沸点为78.3℃，可以利用水和酒精的沸点差，从水和酒精的混合液中提纯酒精。

利用蒸馏法提纯酒精

先对酒精和水的混合液——酒进行加热。当温度到达78.3℃时，酒精会变为蒸汽。生成的蒸汽再经过冷却，就可以得到高纯度的酒精了。

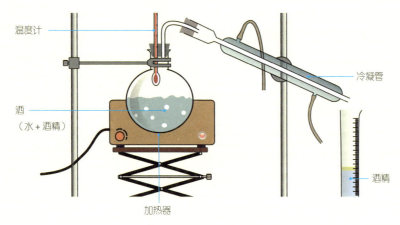

温度计　　冷凝管

酒
（水＋酒精）

酒精

加热器

蒸馏法提纯酒精示意图

一转眼到了6月，这也意味着寒冷的冬季正式拉开了序幕。这里是南半球的麦哲伦海峡，与北半球相反，最冷的时期是7、8月。树叶纷纷飘落，树林里的树木只留下光秃秃的树枝在寒风中摇曳。

多尼范为了准备过冬的食物，每天都扛着枪出去打猎。布里安叮嘱他要节约子弹，但是多尼范却用强硬的口气反驳他，让他想清楚托了谁的福，大家才不会饿肚子。

了解小说内容的申瑟雅告诉黄太星，她很担心即将发生的事情："老师，冬天过后，一艘遇难的船会漂流到这座岛上。那艘船上载有海盗，少年们只有战胜他们才能生存下去。"

"你是说和海盗战斗吗？如果是海盗的话，应该会有枪支弹药。"

"小说中，少年们进行了勇敢的反击。但是就像布里安说的那样，多尼范一再浪费子弹的话，故事发展脉络也许就不同了。"

"那怎么办才好呢？"

"如果有其他的狩猎工具，就能节省子弹了。"

这时马相柏站出来问："老师，能用科学知识来解决吗？"

黄太星陷入了沉思，背着手在洞穴里来回踱步。突然，他翻了翻腰间系着的工具包，掏出了缠在红色塑料管上的钓鱼线。

"我找到了！"

黄太星用布做成三个小口袋，在口袋里放进石头，然后把石头口袋绑在钓鱼线上，告诉大家这就是狩猎工具。他抓住绳子的一端旋转，石头口袋发出"嗡嗡"的声音跟着转动起来。

"离心力越大，就越能成为强大的工具。离心力是惯性的一种体现，它使旋转的物体远离它的旋转中心，其计算公式是……"

马相柏举起手，打断了黄太星的发言："石头是不是太小了？这么小的石头不能够猎杀大型动物啊。"

　　"相柏同学，看来你对这个狩猎工具的使用方法不太了解啊。来，我要演示了，都让开一下。"黄太星把转动的绳子，抛向洞穴一侧的墙壁，石头口袋就像直升机的螺旋桨一样旋转着飞了出去。

　　看到这里，布里安跑过来问："黄太星老师，您制作了飞石索啊？"

　　"你知道这个工具，布里安同学？"

　　"是的，这是南美洲印第安人使用的狩猎工具。投掷者手握绳索的另一端，先使它旋转，然后甩出，绳索就会飞向野兽并缠绕住它的腿，让它们无法挣脱。"

　　"确实是这样，我是照着我们国家古老的投掷武器来制作的。果然，工具是人类生存斗争的产物啊。"

　　布里安拿起鱼线，仔细看了看说："不过，老师，这条线是不是太细了？"

　　闵书妍突然想起，用作鱼线的尼龙是20世纪才发明的，所以布里安根本想不到这根线结实到能够钓起超100公斤的金枪鱼。

　　"这是一条特殊的线，抓捕大羊驼或领西猯大小的动物，一点问题都没有。不相信的话，就用手拉一下试试看。"

　　布里安用双手拉了拉钓线，发现它的拉力强劲，反复撕扯也不断。

"黄太星老师，请您再多做几个吧。如果用这个的话，就能减少子弹的使用了。"

"当然没问题，我也是那么打算的。"

进入深冬时节，强寒潮和暴风雪时常侵袭查曼岛。由于持续的暴风天气，大家被封锁在洞穴中，好几天都不能外出，一个个憋得发慌。申瑟雅发牢骚说，洞里的气味越来越难闻了。天寒地冻，大家都没办法洗澡，洞穴里又不通风，味道难闻也是理所当然的。

闵书妍心里有更大的担忧，这种时候万一有人感冒，就会传染给所有人。

布里安最担心的是食物问题。因为黄太星制作了投石工具，少年们节省了不少子弹，但是动物们为了躲避寒冷都藏了起来，所以很难寻觅到食物。哪怕是天气晴朗时，多尼范一行人也只能捕到几只鸟而已。对于生长期的孩子们来说，这是远远不够的。

大家躲在洞穴中待了几天后，少年们为了解决粮食问题召开了会议。

布里安表情凝重地说："看来我们只能吃储存的罐头了。"

洞穴里有很多罐头，是少年们从船上搬来的，都被完好无损地保存着。大家不吃罐头的原因，是想在逃离这座岛时把罐

头携带上船。糟糕的情况仍在持续，布里安不得已提出了食用应急粮——罐头的事情。

这引起了多尼范的强烈反对："布里安，你要永远住在这个岛上吗？要想逃出这个岛，就必须保存好罐头！"

"可是弟弟们饥饿难耐啊。"

"饿几天也不会死！"多尼范冷酷地说。

"布里安，我了解你的心情，我们再想想其他方法吧。不能因为口渴就饮鸩止渴啊。"戈顿这次站在了多尼范一边。

布里安深深地叹了口气。

闵书妍一心想要减轻布里安的负担，自从在山洞前初次见面以来，她总是为布里安所吸引。

"书妍，你有什么好办法吗？"

突然被布里安叫到名字，闵书妍吃了一惊。随后，她立刻调整情绪，泰然自若地说："有一种方法我们还没有尝试过。"

所有参会者的目光都集中到了闵书妍身上。

"说说看，书妍同学。"

"就是打鱼啊。从这里向西步行一个小时左右就能看到大海，那里应该能捕到鱼。"

多尼范认为闵书妍的想法太荒唐了，反驳道："我还以为是什么呢。不要胡说八道了，钓鱼比打猎更难。"

多尼范刚说完，人们的视线又转移到了闵书妍身上，大家似乎在等待一个合理的答复。

"我不是说钓鱼。我们用渔网吧，可以用渔网捕鱼。"闵书妍知道少年们有网，那段时间食物很充足，所以就没有想到要使用它。

"你知道如何捕鱼吗？我们又不能乘船出海，况且撒网对于成年人来说都不是轻而易举能够做到的，更何况是我们呢。"

"多尼范，不要直接就投反对票，我们来听听书妍的想法吧。"布里安喝止道。

"我虽然也没有尝试过，但有个简单的方法。"闵书妍向布里安投以感谢的目光，随后用棍子在地上画起来，"首先在滩涂打入若干个木桩，然后围着木桩布下宽大的渔网就可以了。虽然打鱼不是一件容易的事情，但是只要我们齐心协力就能做到。围起渔网，等鱼进入，收紧网具，就结束啦。"

"你在说什么呢？等着就可以吗？"

"你们知道涨潮和落潮吧？这里虽然不像我们国家西边的海一样，涨落潮时水位落差明显，但是肯定会有潮汐现象的。"

"书妍同学，你说的这个方法我在江华岛见过。涨潮时水位升高，潮水没过渔网，鱼就会进入网内。等到落潮时，围网内的鱼就会被网拦住，无法逃脱。我们只要等到落潮时去收网

别浪费子弹

抓鱼就可以了。我们明天就行动，去海里围网吧！"黄太星看到书妍的画，立刻就明白了。

大家似乎找到了解决食物危机的办法。会议结束时，闵书妍看向布里安，布里安正洋溢着灿烂的微笑注视着她。

布里安的举动让闵书妍心跳加速，脸部发烫。为了给自己降降温，闵书妍走出了洞穴，严寒使她瑟瑟发抖。

"书妍，这么冷，你怎么出来了？"

听到布里安的声音，闵书妍的心脏跳得更猛烈了。她怕被布里安发现，连忙转移话题，说起了查曼岛上的卫生状况。

"布里安，我有一个建议。"

"说吧，书妍。"布里安的声音一如往常的温柔亲切。

"我觉得大家应该多注意个人卫生，哪怕只有一个人得了感冒，也有可能传染给所有人。"

"你是说黄太星老师提到的细菌吧？但这么冷的天气，想洗澡也没有办法呀。"

"所以我想了想……"书妍提出了使用炉子的建议。洞穴里，整个冬天都在烧着炉子，而且为了度过漫长的冬天，少年们提前准备了足以过冬的木柴。

"在炉子里放上石块，石块就会逐渐变热。洗澡时把石块放进水里，滚烫的石块就会使水温升高。"

"这真是个好主意。干脆弄个澡堂吧。在洞穴前面挖个洞，搭上帐篷，孩子们就能洗澡了，怎么样？只要多尼范不反对，我们马上就能做到。"

"如果多尼范知道，打猎回来就能洗热水澡的话，他也会赞成的。"

闵书妍也担心多尼范会提出反对意见，她从心里希望他们两人能够和平相处。

"书妍，你怎么每次都能想出好点子呢？你知道吗？我很感激你。"

"我也谢谢你。要不是你，我差点就成为俘虏了。还记得吧？我是说，我们初次见面的时候。"

布里安微笑着点点头。

闵书妍接着说："如果黄太星老师在这里的话，他一定会说热能转化、分子运动如何如何之类的。"

"哈哈哈，这是黄太星老师的风格。"

两个人相谈甚欢。他们像是忘记了寒冷，笑了好一阵子。

"这里真冷，好像比韩国还要冷。"

布里安迅速脱下自己的外套，搭在闵书妍肩上。外套很暖和，布里安的温暖好像随着外套传递到了闵书妍身上。

"布里安，你也会冷啊。"

"没关系，我身体强壮。况且现在我心情很好，感到很清爽。你怎么样？"

"多亏了你的外套，我也很好。"

冬季的寒冷气息遍布每个角落，仿佛把世间的一切都冻住了，但是闵书妍的脸却渐渐热了起来。

知识笔记

工具是人类生存斗争的产物

古代狩猎工具投石带和飞石索中，蕴含着哪些科学原理呢？

 是因为旋转。离心力？向心力？

瑟雅，正确！

 真奇怪，为什么圆周运动转变成直线运动了呢？

投石带中还存在另一个力的原理——匀速直线运动。

1.利用离心力的狩猎工具

（1）投石带和飞石索

  韩国古老的投石带和南美洲的飞石索都是利用了离心力原理的狩猎工具。把三块石头系在绳子上，使用时用手抓住绳索的另一端，高举旋转，然后看准时机抛向目标，这时石头就会像直升机的螺旋桨一样旋转着飞出去。这种小型抛射武器可以缠住野兽的腿脚，击断他们的头骨，还可以用来打击天空中的飞鸟。

飞石索

投石带

124

（2）投石带的力的原理

　　一个物体像投石带一样做圆周运动，此时离心力和向心力同时作用于该物体。

　　向心力是当物体沿着圆周或者曲线轨道运动时，指向圆心的合外力作用力。旋转投石带时会感受到一种拉力，这种把绳子拉向圆心的拉力就是向心力。

　　离心力是一种惯性的体现，它使旋转的物体远离它的旋转中心。离心力与向心力的大小相等，方向相反。车在转弯时，乘客会感受到向外的拉力，就好像人要被甩出去一样，这个力就是离心力。

　　在地面上滚动圆球，球速会逐渐变慢直至停止，这是因为球体受到了与自己运动方向相反的摩擦力的影响。月球围绕地球进行公转，是受到了地球引力的影响。在真空环境中丢出一个球，它会做什么运动呢？球会保持你丢出它瞬间的加速度，一直做匀速直线运动。匀速直线运动是最简单的机械运动，是指运动速度不变且沿着直线行进的运动。

　　把高速旋转的投石带突然抛出时，投石带会沿着向心力的垂直方向飞出去。之所以投石带会沿着圆的切线方向飞出，是因为物体具有保持匀速直线运动状态的内在属性。

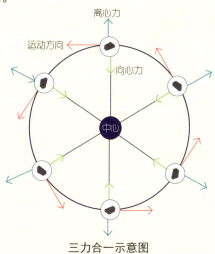

三力合一示意图

2.海滩围网捕鱼法

　　在海滩上围网捕捞是利用潮汐现象的捕鱼方法。韩国西海岸一天有两次涨潮和落潮，涨落潮的海面差（潮差）超过5米。韩国仁川海域的潮差，更是超过了9米。在滩涂上打上木桩，然后围着木桩布下宽大的渔网。涨潮时水位升高，潮水没过渔网，鱼就会进入网内。等落潮时，围网内的鱼就会被网拦住，无法逃脱。人们只要等到落潮时去收网抓鱼就可以了。

最后的生存课

到了7月，天气更加寒冷了。已经下了好几场雪，洞外到处都是冰天雪地，巨大的湖泊也被冻得结结实实。查曼岛的7月相当于韩国的1月，可以说最严酷的隆冬来临了。

今天是久违的晴天。闵书妍听了布里安的建议，带领着小男孩们到湖上滑冰。颇有手艺的萨布斯在鞋底贴上刀刃，做成了简易的溜冰鞋。布里安教小男孩们如何滑冰，孩子们也不惧严寒地在冰冷的湖面上兴奋地滑行。

闵书妍、马相柏、申瑟雅也跟孩子们一起愉快地滑着冰。

黄太星天生运动能力差，所以只好扶着马相柏的腰慢慢跟着滑行。就算是这样，他也玩得不亦乐乎。有时小杰克会过来，抓住他的双手教他滑冰。不过黄太星的运动细胞几乎为零，怎么也学不会。黄太星在冰面上跟跟跄跄地走着，感觉下一秒就要摔倒的样子。即使在这种情况下，他也时不时地讲着科学原理。

"我的体重聚集在滑冰鞋的刀刃上，这对脚底的冰面造成了巨大的压力。滑冰时，冰面在冰刀的巨大压力下稍有融化，摩擦力变小，就可以滑得更快更远了。"

成为滑冰老师的小杰克双手叉腰，对着黄太星呵斥道："老师，不要上科学课了，现在只专注于滑冰吧！要把身体压低一些。"

　　"知道了，杰克同学。压低身体，降低重心，稳定性就会增强。啊——"黄太星摇晃着身体，突然仰面朝天摔倒在地。

　　"哈哈哈。"看到黄太星摔倒的样子，申瑟雅和闵书妍不

禁大笑起来。

闵书妍朝着黄太星大喊："黄老师，您没事吧？"

"我的屁股火辣辣的，像是着火了一样。"

申瑟雅微笑着说："黄太星老师，您真是一位和蔼可亲的好老师啊。"

"没错。见缝插针讲授科学知识的时候除外。"闵书妍附和道。

"书妍，在学校里我是不是很刻薄啊？"

闵书妍看着申瑟雅笑着说："这个问题还真不好否定。"

"书妍，对不起啊。谢谢你。"

在荒岛上生活期间，申瑟雅回顾了自己过去的言行，她意识到自己可能是因为出众的外貌经常受到很多人的关注与喜爱，所以总感觉其他人都不如自己。

"书妍，虽然你很优秀，但是当时我很不喜欢你。看到你作为社团部长活跃的样子，我就会生气。可来到这里后，我真心觉得你特别厉害。如看到黄太星老师说话离题，你会冷静地拉回到正题。对无理的多尼范使用跆拳道的时候，也很酷。我们俩有太多的不同了。"

"你竟然这么想，我好感动！那你认为自己怎样呢？"

"你不是知道嘛。我向来无视那些身体瘦弱和成绩不好的

同学，虽然自己学习成绩也不好，但仍然看不起他们。跟你相处以来，我感觉到曾经的自己很糟糕。在思乡心切而卧床不起的那段日子里，我回忆了自己的过去，想着想着便更加郁闷难过了。我这么坏，你为什么一直耐心照顾我呢?”

"还能有什么理由呢？我们不是朋友嘛！还有，你来到这里真的改变了很多。怎么说呢？你善良的灵魂总是偷偷显现。

每当这时，我都想问一问：'你是瑟雅吗？你到底是谁？'"

"哈哈哈，我也明白。有时我也会惊讶地问自己：'你怎么了？'"

闵书妍和申瑟雅弯着腰咯咯笑个不停。

"朋友"，是的，我们都是朋友。朋友会在困难时互相帮助。想到这里，书妍悄悄试探了一下申瑟雅，问出了好奇许久的问题："瑟雅，你觉得相柏怎么样？"

"书妍，黄老师向这边来了，怎么看不到相柏呢？"

闵书妍抬头看了看假装没听到的申瑟雅，随后望向湖面。远处，黄太星一个人踉踉跄跄地滑冰而来。

"老师，相柏去哪里了？"申瑟雅问黄太星。

"相柏和多尼范到湖那边打猎去了。"

听了黄太星的话，申瑟雅的表情随之发生变化，她好像想起了小说中的情节。

突然，申瑟雅脸色大变地说道："老师，出大事了，相柏很危险。"

"为什么呢？瑟雅，你想起小说中发生的什么事了吗？"

"少年们在湖边迷了路，之后他们会遇到可怕的猛兽。"

"然后少年们怎么样了？"

"我记不清楚了。"

"别担心，你也知道，多尼范可是射击高手。他虽然性格上棱角分明，但确实是一个充满正义感的孩子。我相信相柏会平安归来的。"

黄太星嘴上安慰着申瑟雅，可是心里却十分懊恼，后悔刚才没有阻止马相柏和多尼范去打猎。

"相柏不想被多尼范看扁，所以执意要去打猎，当时确实没有办法阻止他们，这是我的失误。以防万一，我给了他们刀和指南针，希望在危急时刻能派上用场。"

大概过了一个小时，天气骤变。湖面深处大雾逐渐涌起，并朝着岸边翻滚而来。一瞬间浓雾弥漫大地，一切都变得朦朦胧胧，看不真切。

多亏布里安反应及时，孩子们安全回到岸上。此时，最让人担心的是马相柏和多尼范一行人，虽然他们拿着指南针，但在白茫茫的湖面上找到返回的道路似乎并不容易。

天气越来越阴沉了。过了不久，大雾夹带着大片雪花，形成了又厚又重的雪雾，天连着地，地连着天，什么也看不清楚。

黄太星突然想起了洞穴里的大炮。少年们把大炮从船上卸下来，放进了山洞里。

"布里安，快把山洞里的大炮拿来。"

聪明的布里安马上意识到，黄太星是想用大炮的响声来帮

助布里安他们辨别方位。

布里安和见习船员麦克一起把大炮挪到了湖边。

"布里安，你们会开炮吗？"

"不会。我们虽然把它从船上搬到洞里，但是不知道怎么使用它。"

"好吧。我知道一些理论，我来教教你们。"黄太星用手捧起了黑色粉末，"这是火药。火药爆炸产生巨大的爆发力，从而推动炮弹发射。"

黄太星往炮筒里装进火药，然后把带有棉球的木棍作为导火线插进炮筒里，最后再用火药紧紧封住。

"像这样把火药放进炮筒里，前面再放置炮弹就可以了。布里安，把炮弹拿来，放进去看看。"

布里安把圆形铁炮弹放入了炮筒。

"现在只要点燃导火线，大炮就会发射。"黄太星警告道，"同学们，你们最好不要在大炮后面，开炮后炮弹发射出去的同时，会推动炮管向后运动。这是作用力与反作用力的原理。来吧，麦克，在导火索上点火吧。"

孩子们远离炮筒后，麦克点燃了导火索。过了一会儿，一声轰鸣，大炮发射了。炮声震耳欲聋，冰冻的湖面好像都在晃动。

少年们按照黄太星的指示，每隔15分钟发射一次。

雪逐渐变成了暴风雪，劈头盖脸地席卷而下。气温也在快速下降。申瑟雅比任何人都担心，她在湖边踱来踱去，焦急地祈祷着。

"瑟雅，不要太担心。"

申瑟雅看向闵书妍，迟疑了一下说："书妍啊，你刚才问我如何看待相柏，我也确定不了自己的心思，但是现在明白了，我非常担心他，我怕他有什么不测。"

这时，大家在暴风雪中恍恍惚惚看见了模糊的影子。那是多尼范一行人。然而，马相柏却没在人群里。

申瑟雅急忙跑向多尼范："多尼范，相柏在哪里？"

"我们在湖对面看到熊正在追逐着猴子。熊的体型太过庞大，我建议大家尽快逃离那里，但是相柏不听劝，也追赶猴子去了。"

"什么？相柏为什么要跟着猴子？"

"不知道，他只说要寻找什么东西。我们跟在相柏身后给他打掩护，没想到熊突然奔向我们，所以大家四散逃跑了。"

"南美洲生活着眼镜熊，也称'安第斯熊'，是哺乳纲、食肉目、熊科的动物。它的眼睛周围有白色的圈，远看好似戴着一副墨镜，所以被称为眼镜熊……"

闵书妍迅速用眼神制止黄太星，她担心申瑟雅听了更着急。

"老师，相柏好像是去找徽章。熊追逐的那只猴子，肯定是偷了徽章的那只。"

申瑟雅瘫坐在地上哭起来："呜呜，相柏可怎么办啊？"

闵书妍赶紧搂住瑟雅的肩膀安慰道："熊不是追赶多尼范一行人来着吗？相柏会没事的。"

"瑟雅同学，他拿着指南针，应该能找到这里。朋友们，赶快开炮吧。为了我们的相柏，开大炮吧！"

年纪小的孩子们回到了山洞。湖边只剩下闵书妍、黄太星、申瑟雅、布里安、多尼范和麦克。

布里安对多尼范说："多尼范，你也进去休息吧。来回走了这么远的路，应该很辛苦吧。"

"不用劝我，我也有责任，是我带着相柏去狩猎的。"

"你现在浑身发抖，不是吗？你病倒了，荒岛上的生活就会变得更加艰难。快进去！"

多尼范突然抓住布里安的衣领说："就你最厉害，是不是？我不想把自己的责任推给其他人！"

"快把手放开！现在不是争吵的时候。"

"呃？那是相柏。相柏回来了。"就在这时，拿着便携式望远镜四处眺望的黄太星大叫起来。

暴风雪的深处，出现了隐隐约约的影子。

孩子们举起双臂使劲儿摇晃。多尼范把扛着的猎枪拿在手里，滑着冰迅速冲向湖中央。

过了一会儿，跟在马相柏身后的巨大黑影露出了真面目。那个庞大的身影发出恐怖的叫声，对马相柏紧追不舍。

熊居然跟随马相柏追到了这里。

马相柏拼命地滑冰逃跑，但从远处也能看得出他的体力几乎到了极限。

闵书妍对黄太星说："老师，现在需要打一炮，告诉相柏这里的位置。雾气弥漫，相柏似乎看不到岸边。"

砰！

马相柏听到了大炮声，转向湖岸方向，铆足力气加快滑行，结果一不小心摔了个大跟头。

"相柏，快起来！拜托！"眼泪汪汪的申瑟雅使出吃奶的力气大声呐喊。

马相柏想要站起来，但是脚下一滑又摔倒了。

"嗷吼！"体型巨大的眼镜熊挡在了马相柏面前，随后直立双脚站起来，比一般的成年人都要高。它呼出一口热气，扑向马相柏。

"砰砰！"在这千钧一发之际，响起了两声枪响，血立刻从熊的肩膀上喷射而出。熊受到惊吓后停止猛扑，保持直立姿

势，抽动鼻子闻了闻。

远处，暴风雪中出现了一个小小的身影。那里突然火光闪现，紧接着熊的胳膊上溅起了血。熊意识到了危险，开始向后逃窜。随后，那个身影奔向了倒地不起的马相柏。原来，在危急时刻开枪营救他的是多尼范。

布里安和麦克也跑了过来，一起扶着马相柏往回走。闵书妍和申瑟雅也来到了马相柏这里。申瑟雅一把抓住马相柏的手，放声大哭。马相柏再也控制不住自己的情绪，两人哭成了一团。申瑟雅和马相柏的脸上，既有泪水，也有鼻涕和汗水，二人双双成了大花脸。

"啊，大家都让开！"跌跌撞撞滑冰赶来的黄太星，使劲儿挥动着胳膊。"咣当！"他一时没有刹住车，身体往后一仰，直接摔了个四脚朝天。

"哎呀，饶了我的屁股吧！"

像香蕉皮一样躺在那里的黄太星简直太好笑了，泪流满面的申瑟雅和马相柏也笑了起来。

黄太星一行人到齐后，马相柏缓缓打开了紧握的拳头，掌心里金光闪闪。

"相柏同学，你手里的是Q徽章吗？"

听到黄太星的话，马相柏点了点头。

　　"老师，没错，就是小猴子偷走的徽章。现在我们能回到现实中了吧？"

　　"是的，找到它很快就能回去了。"

第二天早晨，徽章似乎变得更加闪亮了。

闵书妍走过来，坐到黄太星的身边。

"老师，我们好像已经完成了任务。"

"我也这么认为。书妍同学，你觉得这次的任务是什么呢？"

"是生存吧。在如此艰苦的条件下，我们顽强地活了下来，而且每个人都展现出了比以往更好的姿态。您看那边。"

马相柏和申瑟雅正坐在一边聊天。初次见面时，马相柏的眼神里充满了叛逆与倔强，申瑟雅则是给人目空一切的感觉，但是现在，两人的眼神中都透露出善良与温和。

"在我看来，书妍同学你也改变了很多。"

"是的，老师。而且我有了一个梦想。"

闵书妍很喜欢教小孩子读书，因此梦想成为一个教书育人的教师。

"老师，就这样离开少年们，我心里有些放不下。我们走后，他们还要经历很多艰难险阻吧。"

"是的，我也从瑟雅那里得知了他们今后的命运。所以我想了一下，我要给少年们上最后一次生存课。书妍同学，尽快帮我组织一下。我们在这里的时间所剩无几了。"

闵书妍立刻召集来了十五个少年，黄太星的最后一堂生存课也准备就绪。

少年们齐聚后，作为领袖的布里安问道："黄太星老师，有什么事吗？"

"孩子们，我们不能一直生活在这里，对吧？"

"但是我们还没有找到逃离这个岛的方法啊。"

"如果附近有陆地的话？"

"我们勘察了查曼岛的海岸，没有看到周围有陆地。"多尼范回答道。

"如果爬高一点观察呢？"

"查曼岛上没有高山。"

听了布里安的回答，黄太星整理了一下自己的黄帽子继续说："我们做一个大大的风筝吧，乘着风筝升到半空中，就能看到更远的地方了。"

乘着风筝飞向天空？真是令人震惊的方法！如果周围有陆地的话，应该能够看得到。但是风筝一旦坠落下来，上面的人有可能因此丧命。

虽然大家都清楚这是一个危险的方法，不过三位少年领导谁都没有提出反对意见。从船上带下来的食物已经所剩无几了，大家都很清楚，在荒岛上生活越久，获救的希望就越渺茫。

"谁乘风筝上天呢？"戈顿的话让大家沉默了一段时间。

闵书妍看了一眼站在旁边的布里安，因为他抓住了想要走

上前的弟弟杰克。

闵书妍教的小男孩中，布里安的弟弟杰克显得格外忧郁，她对此极为不安，于是将这件事情告诉了布里安。那天，布里安犹豫再三，最后向闵书妍吐露了一个秘密——由于杰克的失误，才导致斯拉乌吉号漂流到这里。

据布里安所说，暑假出海旅行的前一天夜里，十五位少年提前登上了斯拉乌吉号。那天晚上，杰克偷偷解开了拴船的缆绳，船慢慢漂向了大海深处，而其他人根本没有注意到这件事。到了岛上，杰克向布里安坦白了事情原委，但是布里安为了保护弟弟一直隐瞒着大家。然而随着时间的推移，杰克的心病越来越严重了。

闵书妍看到坐立不安的杰克，心中不免担心起来。她悄悄走过去，想对布里安说，最好听一听弟弟的想法，不要忽视他的看法。

"布里安，给弟弟一次机会，让他弥补自己的过错吧。"黄太星先于闵书妍说出了这句话。显然，他也知道杰克的秘密。

布里安惊讶地看向黄太星，犹豫片刻后，拉着杰克的手站了出来。

"我的弟弟杰克可以乘坐风筝，因为他身体轻盈，动作敏捷。除此之外，杰克还有其他原因。"布里安的话音刚落，杰

克就低下了头。

"都是我的错。那天晚上，是我想搞恶作剧，故意把固定斯拉乌吉号的缆绳给解开了。我们之所以漂流到这座岛上，全都是我的责任。我很抱歉。我想借此机会向查曼岛的公民们请求原谅。请允许我乘坐风筝吧！"说完这一切，杰克流着泪跪倒在地。

布里安也陪着弟弟，一起低头下跪。

一时间，洞穴里骚动起来。但是，大家并没有像兄弟俩担心的那样，一起指责他们的不是。

戈顿第一个走过来，默默地拥抱了杰克。

紧接着，多尼范对杰克喊道："杰克，别说那些懦弱的话，都是过去的事情了。好好完成任务，然后下来告诉我们情况。"

多尼范催促着杰克，然而大家都清楚那意味着原谅了他。其余的男孩也纷纷来到杰克身边安慰他，说这段时间他一定承受了巨大的内心煎熬。大家都对杰克的过往表示了原谅。

"戈顿、多尼范，还有大家，谢谢你们。老师，请您制作杰克要乘坐的风筝吧。"

黄太星拍了拍兄弟俩的后背说："好吧，那我们开始做风筝吧。首先要找到竹子。被子植物门、单子叶植物纲、禾本目的竹子，品种繁多，全世界共有一千多种。竹子是空心的，所以重

量较轻，又有很好的柔韧性。质地坚硬的竹子……"

"我和伙伴们一起去找竹子。"多尼范意识到黄太星又要没完没了地说下去，果断打断了他的话。

"哎呀，多尼范同学，我还没有说完。"

"老师，现在不是很着急嘛。"闵书妍在一旁轻轻地劝说。

"从现在开始制作风筝，大家齐心协力，一起加油吧！"布里安的声音响彻整个洞穴。

多尼范一行人拿着黄太星给他们的锯子，去树林里弄来了竹子。马相柏、布里安、戈顿，按照黄太星的指示开始制作风筝。

首先把长长的竹子劈成两半，接着再把两半分别对半切开，削成又细又长的竹条。取两根竹条重叠成十字形状，用线捆绑好竹条连接处。再将其余竹条围着十字架绑扎牢固，做成菱形的能够抵抗强大力量的风筝骨架。根据骨架和风筝的轮廓，把帆布铺在上面，用针线密密缝制。

大型风筝终于制作完成了，大家用拴船的缆绳做成了风筝线。黄太星试着放飞风筝，发现风筝飞起的升力很大。

单凭黄太星和马相柏的力量很难控制住风筝，十五个少年也迅速加入其中。在大家的通力合作下，风筝好不容易才被拉住。

风筝有足够的力量，能够载着体重较轻的杰克升上天空。

但问题是，如何才能控制好风筝。

"老师，如果风刮得很大，风筝会不会被刮走呢？"闵书妍担心地说。

哪怕风力只比现在稍大一点，大家也很难抓住风筝线。如果那样，风筝上的杰克就危险了。

"也许吧。"

"您说什么呀？咱们得想想对策呀！"

"什么对策？"

"哎呀，就是把小力量变成大力量的科学办法啊。"

"科学！"黄太星的眼神中闪过一道光，"杠杆、斜面、动滑轮、轮轴、齿轮……"

"老师，停！请告诉我能够控制大风筝的那个工具。"

"轮轴！"

"马上就能做好吗？"

"做什么啊，船上本来就使用轴轮，少年们已经把它存放在洞里了。轮轴由两个半径不等的同心圆盘组成，大的叫'轮'，小的叫'轴'。当动力作用于轮上，轮轴则成为省力杠杆……"

"现在真的没办法听进去科学知识，尽快安装，试试是否安全吧。"

"好吧，下次再做关于轮轴的讲座。书妍同学，我是不是很

棒？"黄太星小孩子一样求表扬。

闵书妍闭上眼睛回答："当然了，如果没有老师的话，就会出大事了。"

就这样，为了帮助十五个少年逃离荒岛，大家开始放起了大风筝。

杰克把黄太星给他的小型望远镜挂在脖子上，跳进绑在风筝下面的吊篮里，静静等风吹起。

一阵风吹过，载着杰克的吊篮被风筝牵引着，迅速升向天空。

过了一会儿，风筝线达到了绷紧状态。绑风筝的绳子有500米长，换句话说，杰克目前升到了近500米的高空。从那个高度用望远镜眺望，肯定能观察到相当远的地方。

大家一同祈祷，希望杰克能够看到陆地。

一个小时的飞行很快就结束了，少年们转动轴轮收起风筝线，风筝慢慢被拉了回来。

平安落地的杰克激动地告诉大家："东边有座山，我肯定那里是陆地。"

布里安跑过来，搂住杰克的肩膀。

"从近500米高空看得到的话，那就说明陆地与这里相距30千米左右。多尼范，你们能到达那里吗？"

"这种距离，撑着木筏就能过去了。对吧，麦克？"

听到多尼范的话，见习船员麦克点了点头。

"等到了春天，有顺风推动，两天内就能到达那里。"

终于看到了逃离荒岛的希望，十五个少年的脸上露出了灿烂的微笑。

就在这时，挂在黄太星衣服口袋上的Q徽章开始散发出强烈的光芒。

"现在我们该回去了，和少年们做最后的告别吧。"黄太星这一次的话很简短。

大家的眼泪止不住地向下流。

申瑟雅和马相柏的膝盖以下，开始慢慢变得透明。

闵书妍走近布里安，把从申瑟雅那里听到的话告诉了他："布里安，到了春天，这里就会有海盗出现。"

"海盗？书妍，你怎么会知道的？"

"现在这不是重点。听着，布里安，不久后将会出现一个名叫凯特的阿姨，她是个好人，会帮助你们的。之后就会出现一帮男人，除了二副伊范森以外，其他人都不可信。知道了吗？"

布里安睁大双眼，不知道闵书妍在说什么，但他快速点了点头。布里安对她有着深厚的信任感。

　　"好吧，我知道了，我会铭记在心的。凯特阿姨和二副伊范森。"

　　一直到最后时刻，闵书妍的视线也没有离开布里安。

　　过了一会儿，黄太星一行人被强烈的光亮包裹住，身体扭曲变形，开始了时空转移。

　　"布里安，再见！少年们，再见！"

力的科学原理

使用什么样的工具，才能控制住载人上天的巨大风筝呢?

那需要强大的力量吧?

使用杠杆，就可以用小力气做大事了。

有没有类似于杠杆一样的工具呢?

1.物体发射、升空运用的力学原理

（1）作用力与反作用力

物体A向物体B施力，物体B同时也会受到与物体A大小相等、方向相反且性质相同的力。如下图所示，男孩和女孩各自乘坐着小船。男孩推动女孩的小船，不仅会使女孩乘坐的小船向后移动，男孩的小船同样也会后退。这是因为男孩给了一个作用力，使得女孩的小船向后方飘走，同时男孩也受到一个反作用力，他的船也便向后移动。综上所述，物体间力的作用是相互的，施力物体同时也是受力物体，相互作用的两个力互为作用力和反作用力。

小船的作用与反作用

（2）枪与大炮

大家在影视剧中想必见过开炮的场景。那么，发射炮弹时炮身为什么会向后运动呢？大炮是通过炮弹壳与弹头间的火药剧烈燃烧产生

发射炮弹

的高压来进行发射的。弹丸离开炮口瞬间获得最大速度，之后沿着一定的弹道飞向目标；燃气推动弹丸向前运动的同时，也推动炮身后座。炮身之所以向后退，是因为发射炮弹时大炮对炮弹施加了作用力，与此同时炮弹对大炮也施加了反作用力，使炮身向后运动。

开枪时的原理也是这样。枪支发射子弹时，一方面枪推动子弹前进，另一方面子弹对枪有一个反作用力，使枪向后移动。

（3）火箭

火箭升空也利用了作用力与反作用力的原理。火箭想要在真空环境的太空中飞行，需要火箭推进剂的帮助。火箭推进剂快速燃烧为火箭提供飞行的能量源泉。火箭发动机点燃时，推进剂燃烧所产生的炽热气流从喷口高速喷出，产生强大的反作用力，从而使火箭拔地而起。

发射火箭

2.利用小力产生大力

使用工具，可以使小力产生大力吗？如下图所示，有三种不同的面，在它们表面拉起物体时哪一个更省力呢？通过对比我们知道，竖直提起物体最费

拉力与距离

力，而斜面的坡度越小越省力，但缺点是移动距离会加长。由此可知，同样是做一件事情，竖直提起物体费力、省距离，利用斜面省力、费距离。

那么，生活中有哪些省力工具呢？

（1）杠杆

我们可以使用杠杆将重物抬起来。杠杆可能省力也可能费力，还可能既不省力也不费力，这要看用力点和支点的距离。杠杆的用力点距离支点越远越省力，越近越费力。如果用力点和阻力点距离支点一样远，那么就既不省力也不费力。

杠杆

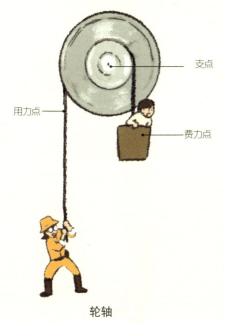

轮轴

（2）轮轴

轮轴由轮和轴组成，半径较大的是轮，半径较小的是轴。该系统能绕共轴线旋转，相当于以轴心为支点，半径为杆的杠杆系统。将物体挂在轴一端的绳子上，然后拉动轮上的绳子，轮转一周，轴也转一周。因为轮的半径总是大于轴的半径，所以作用在轮上的力总是小于轴所负荷的力，抬起物体就更为省力。总而言之，当轮带动轴时，动力作用在轮上，则轮轴为省力杠杆；当轴带动轮时，动力作用在轴上，则轮轴为费力杠杆。

157

3.物体飞升的原理

（1）升力产生的原理

　　升力是物体与空气相对运动时，空气对物体产生的一种向上托举的力。空中的物体由于受到重力的影响，会落向地面。想要克服地球重力的作用，需要有一种特殊的力，即升力。机翼和鸟类翅膀都有一定的弧度。飞机穿梭于空气中，因为机翼的上表面是弧形的，使得上表面的气流速度快，下表面是平的，气流速度较慢，所以，流经机翼上表面的空气比流经下表面的空气压强低，上下表面存在压强差，从而形成压力差，便产生了升力。换句话说，飞机的升力来源于机翼上下表面气流的速度差导致的气压差。飞行速度越快，升力就越大。

鸟翅膀　　　　　　　　　飞机翅膀

（2）风筝飞升的力学原理

　　风筝为什么可以飞上天呢？这主要是借助了风的力量。风筝获得升力的原理与机翼类似，风筝在空中时，空气会分为上下两层，此时通过风筝下层的空气受风筝面的阻塞，空气的流速减低，气压升高，风筝就上扬。上层的空气流通舒畅，流速增强，致使气压降低，把风筝吸上去。风筝的升力就是由这种气压差产生的。风力和风筝的受风面积都会对升力的大小产生影响，风筝的面积越大，受风面积越大，空气对其产生的升力就越大。巨大的风筝甚至可以把人送上高空。

放风筝

尾声：
展览大获成功

"终于回来了！"闵书妍抬头看向挂在博物馆大厅上的"荒岛生存的科学奥秘"横幅，激动地感慨道。

终于完成了漫长的荒岛生存任务，回到了21世纪韩国的科学博物馆。不远处，黄太星、马相柏、申瑟雅正相拥而泣。

在查曼岛上经历生存考验期间，孩子们的衣服都变得破旧不堪，但是现在衣服和鞋子回到了原来的样子，黄太星的智能手机也完好无损，大家好像做了一个很长很长的梦。

马相柏一脸茫然地说："我们是做梦了吗？"

黄太星走近马相柏，掐了一下他的脸。

"为什么掐我？"

"我在给你证明这不是梦。"

"哎哟，你这个怪老师。"

听到马相柏的话，大家都笑了。

"我正在招募荒岛生存科学展览的讲解员，你们怎么样？"

"没问题，我可是有实践经验的高级人才啊。"马相柏握紧了拳头。

申瑟雅和闵书妍也不约而同地高高举起了手。

说起野外生存，现在大家都信心满满。最重要的是，可以跟共同经历生存考验的朋友们在一起。没有什么事情比这更让人兴奋了。

"荒岛生存的科学奥秘"展览圆满结束了。

放学后，闵书妍和马相柏、申瑟雅一起去找黄太星。只见他正在杂乱无章的办公室里读着书。

"哦，你们来了！"

马相柏耍贫嘴说："老师，托了我们的福，您得到了奖状，要不要感谢我们啊？"

这次假期特别展使参观者受益颇丰，不仅可以全身心投入体验和观展，还得到了志愿服务的机会。展览受到了社会各界的肯定与高度评价，黄太星也因此荣获了市长颁发的奖状。

"哈哈哈，我真是个优秀的老师啊！"

哎，竟然是这种意想不到的反应！黄太星果然是个奇怪的老师。但是，我们没办法不喜欢他。经历了两次时空旅行后，闵书妍对他更加喜欢了。二人之间的师生情谊也进一步加深了。

闵书妍问黄太星："老师，您在读什么书？"

黄太星给孩子们看了看书的封面，是《从地球到月亮》。

"老师，您现在都计划去月球旅行啦？"

"我只是随便读一读。啊，我们真的可以去月球旅行吗？"

突然，黄太星从口袋里掏出Q徽章，高高举起。

"啊——我们逃吧！"

"我不想去旅行！"

"救命啊！老师您一个人去吧。"

三个孩子大喊着跑出了办公室。

163

番外：黄太星的信

　　我时常记起在荒岛上经历的各种困难，为了生火而努力搓木头，为了在寒冬中获取食物而围网捕鱼，为了升空制作载人的大型风筝，等等。这一切的一切，都历历在目。

　　荒岛求生的冒险故事中，运用了很多重要的科学原理。了解科学知识，不仅可以在荒岛上生存，也能帮助人们在日常生活中解决种种实际问题。

　　我希望大家读完本书后，能像十五个少年和我们一样，成为不惧艰险、乐观向上的人。有人说，现代社会做那样的人太难了。大家不妨换个角度来想一想，如果成为科学家，我们就能造福人类，可以开发出价格低

廉而有效的药物，可以发明只需一粒就能净化水质的胶囊。怎么样？听起来很酷吧？

为了实现梦想，大家现在所能做的就是在学校认真学习科学知识，饱览群书。

我正在准备另一场旅行。到时候，希望还能跟大家在一起。那么，下次见！

《十五少年漂流记》：
展示少年荒岛求生的佳作

　　闵书妍、马相柏、申瑟雅和黄太星在查曼岛上遇到了十五个少年，由此展开了一系列的生存冒险。查曼岛是法国作家儒勒·凡尔纳1888年发表的《十五少年漂流记》中少年们的冒险地。

　　儒勒·凡尔纳是一位深受法国人喜爱的作家，法国全民投票"最伟大的100个法国人"榜单中，他位列第十五。作为科幻小说的先驱，他创作了很多赋予人们梦想和希望的作品。

　　《十五少年漂流记》描写了十五个少年漂流到荒岛上，在没有成年人帮助的情况下顽强生存两年的故事。它是一部有趣的冒险小说，同时也是一部反映当时时代面貌、有现实主义色彩的作品。

　　少年领导团中的多尼范、布里安、戈顿分别是英国人、法国人和美国人，他们各自

展示出本国人独有的性格特征。

　　本书的故事发生在十五个少年漂流荒岛一年之后，黄太星和朋友们从博物馆穿越到少年们的冒险地——查曼岛。在荒岛上生存，首先要确定所在位置，还要想办法解决衣食住行等问题。在这里，黄太星的科学知识成为野外生存的核心要素。我们也努力学习科学知识吧，它会帮助我们理解和解决生活中的诸多问题。

　　朋友们，看完黄太星他们的冒险故事，有何感想呢？你们一定会为他们加油呐喊吧！

　　快去读一下儒勒·凡尔纳的原作《十五少年漂流记》吧，你们一定会佩服少年们非凡的勇气和拼搏努力的态度。

167